KB208846

옆방에 킬러가 산다

옆방에 킬러가 산다

나카야마 시치리 지음 | 최재호 옮김

BOOK PLAZA

1장

1

쏴아아아, 쏴아아아, 쏴아아아.

또 시작이네.

코타리 토모야는 막 잠들려던 찰나에 눈이 떠져 화가 나 이불을 걷어찼다.

스마트폰을 보니 오전 2시 20분이다. 타이머를 걸어둔 에어컨은 이미 꺼져 있었다. 사실 성능이 좋지 않은 에어컨이라 켜도 원룸 안이 썩 시원해지지 않았다. 코타리는 이마에서 땀을 닦았다. 이런 시간에 깨버리면 다시 잠들기 쉽지 않다는 것을 경험으로 알고 있었다.

8월 중순이 넘었지만 아직도 도쿄는 매일 열대야를 기록하고 있다. 더위 먹은 환자들 때문에 저녁 이후에도 구급차가 자주 지나다닌다. 지금도 저 멀리서 사이렌 소리가 간간히 들려온다.

코타리는 이불을 걷어차고 베개에 머리를 묻었다. 사라진 잠기운은 쉽게 돌아오지 않았다. 이대로 잠을 못자면 내일은 틀림없이 직장에서 졸 것이다. 코타리가 다니는 회사는 주의력 부족이 사고로 이어지는 곳이라 사소한 졸음이 죽음으로 이어질 수도 있었다.

쏴아아아, 쏴아아아, 쏴아아아.

'니시무라 정밀'은 직원 복지가 좋은 편이라고 알려져 있지만 정작 기숙사는 날림으로 지었는지 벽이 얇아 방음이 전혀 되지 않았다. 그래서 옆방에서 화장실 물을 내리거나 샤워를 하면 그 소리가 그대로 들렸다. 물론 한밤중에 샤워를 할 수도 있지만, 그래도 새벽 2시에 샤워를 하는 것은 매너가 아니라는 생각이 들었다.

옆방인 203호 사람은 아직 한 번도 본 적이 없지만 어떤 사람인지는 대충 알고 있다. 1층에 있는 우편함에 '쉬하오란(徐浩然)'이라는 이름이 적혀 있었기 때문이다.

'니시무라 정밀'은 1년에 몇 명씩 외국인 노동자를 기능실습생으로 채용하고 있다. 아마 쉬하오란도 그중 한 명일 것이다. 쉬하오란은 중국인 같긴 하지만 정확히 어디에서 왔는지는 알 수 없었다. 분명한 사실은 그가 이웃에 대한 배려심이 전혀 없는 뻔뻔한 사람이라는 것이다.

다만, 지금처럼 한밤에 샤워를 하는 일이 매일 있는

일은 아니었다. 딱 이틀 전부터였다. 그전에는 늦어도 10시, 보통 8시에 샤워를 했었다. 하지만 최근 3일간은 기숙사에 돌아오는 시각부터가 늦었다. 아마도 밤에 어디로 놀러 나가는 것 같았다. 이유야 어떻든 기숙사에 산다면 최소한의 매너를 지켜야 할 것 아닌가.

쏴아아아, 쏴아아아앗.

샤워하는 소리가 잠시 이어진 다음 이번에는 다른 소리가 들려왔다.

푸욱, 푸욱, 푸욱, 푸욱.

벅벅, 벅벅, 벅벅.

무엇을 하는 소리인지 알 수 없었지만 결코 듣기 좋은 소리는 아니었다. 물 내려가는 소리, 요리하는 소리, 청소하는 소리 등 익숙한 생활 소음과는 다른 난폭하고 조잡한 소리였다.

벅벅, 벅벅, 벅벅.

쿵.

쏴아아아, 쏴아아아.

'잘라낸 무언가를 씻어내는 소리일까?'

도저히 리듬감 있는 규칙적인 소리라고는 할 수 없는 그 소리를 듣다 보면 끔찍한 광경이 떠올랐다. 마치 식당 주방 뒤편에서 식재료를 써는 듯한 소리였다.

'설마 욕실에서 음식 손질이라도 하나?'

코타리는 중국인이 웃통을 벗은 채 커다란 칼로 채소 더미를 내려치는 장면을 떠올렸다. 정말 그럴 수도 있겠지만, 곰곰이 생각해보면 1인용 기숙사에 사는 남자가 그렇게 많은 식재료를 사 왔을 리 없었다.

'에이, 설마 그건 아니겠지?'

순간 머릿속에 끔찍한 광경이 떠올랐다. 욕실을 피범벅으로 만들고, 자신도 피칠갑이 된 채 시체의 팔다리를 분리하는 남자. 그 표정은 희열로 가득 찼고, 벌어진 입속으로 새빨간 혀가 보인다.

물론 바보 같은 생각이다.

코타리는 상상을 멈추고 다시 베개에 고개를 묻었다. 날이 더워서 망상을 하게 된 모양이다.

흐르는 땀이 티셔츠를 축축하게 만들었다. 코타리는 끈적임을 참으며 다시 잠을 청했지만 망상 때문에 잠이 오지 않았다.

그러다 옆방 사람도 샤워를 마쳤는지 욕실에서 나가는 듯한 소리가 들렸다. 그리고 에어컨을 켜는 소리도 들렸다. 아마도 샤워를 한 다음에 찬 바람을 쐬며 잠을 자려는 모양이었다.

'나는 잠이 안 와서 끙끙대고 있는데…'

어쨌든 에티켓이 없는 사람은 틀림없었다. 내일도 똑같은 짓을 하면 관리인에게 연락해서 쫓아버릴 생각을 했다.

코타리는 한숨을 쉬며 다시 에어컨을 켰다. 원룸과 마찬가지로 낡아빠진 에어컨은 돌아가는 소리도 무척 시끄러웠다.

결국 코타리는 한숨도 자지 못한 채 아침을 맞이하고 말았다. 업무 시작 시간은 오전 8시이다. 공장은 기숙사에서 걸어서 10분 거리에 있으므로 지각을 할 경우 몸이 아파서 늦었다는 변명 외엔 핑곗거리가 없었다. 코타리는 졸린 눈을 비비며 집을 나섰다.

옆방을 힐끗 보았다. 이미 출근한 듯 인기척은 없었다.

'젠장, 난 한숨도 못 잤는데 원인을 제공한 녀석은 푹 자고 벌써 출근했다고?'

코타리는 속으로 혀를 끌끌 차면서 기숙사 계단을 내려왔다. 누군가가 3층 건물은 엘리베이터가 필요 없다고 한다면 마지못해 동의는 하겠지만, 걸을 때마다 캉캉 소리가 나는 철제 계단은 80년대로 돌아간 것 같아 편리하지는 않았다.

오늘도 역시 무더웠다. 아침 8시인데도 아스팔트에서는 열기로 아지랑이가 피어오르고 있다.

기숙사와 공장이 가까워서 다행이지 몇 킬로미터 이상 떨어져 있었다면 출근하는 동안 이미 쓰러졌을지도 몰랐다.

코타리가 근무하는 '니시무라 정밀'은 오오타구에 있었다. 조그만 공장들이 늘어선 지역으로 아침부터 밤까지 기계들이 쉴 새 없이 돌아갔다. 코타리는 이제 어수선하지만 활기가 넘치는 이 분위기에 익숙해졌다.

공장에 도착한 코타리는 바로 탈의실로 가서 작업복으로 갈아입은 다음 아침 조회 장소에 갔다.

"여러분, 좋은 아침입니다. 특이사항은 없습니다만 오늘도 '안전제일, 확인 엄수'의 자세로 작업해주세요."

작업반장의 훈시는 항상 똑같아서 그냥 흘려듣게 되었다. '안전제일'과 '확인 엄수'는 작업반장이 굳이 말하지 않아도 직원 모두가 이미 명심하고 있었다.

아침 조회가 끝나면 바로 작업을 개시한다. 코타리는

모자와 마스크를 쓰고 작업장으로 들어갔다.

작업장에 들어가자마자 자연스레 긴장감을 느꼈다. '니시무라 정밀'은 도금 가공이 주업이다. 코타리도 이제는 입사 2년 차라 도금 가공 과정을 잘 알고 있지만 그래도 방심은 금물이었다.

금속 가공은 금속을 도금 용액에 넣고 꺼내면 끝나는 그런 단순한 작업이 아니었다. 여러 단계에 사용되는 약품 대부분이 독극물로 지정된 유독 화학물질이라서 피부에 닿으면 화상을 입게 된다. 아니, 화상에 그치지 않고 중독, 호흡기 장애, 알레르기 등을 유발할 수도 있고, 화학물질이 묻어 있는 젖은 바닥에 넘어질 경우 상해를 입을 수도 있었다. 그 외에도 부유 입자에 의한 안구 손상, 감전, 화재, 폭발, 낙하물 사고 등 매우 다양한 위험이 존재했다.

이런 위험성을 알고는 작업할 마음이 들지 않는 환경이지만 그래도 어쩔 수 없었다.

'나 같은 사람을 고용해주는 것만으로도 감사해야지⋯.'

코타리가 맡은 구역은 금속을 산에 담가 두는 공정이었다. 마스크를 하고 있어도 산 특유의 자극적인 냄새가 침투해온다. 깊게 들이쉬면 현기증이 날 수도 있기 때문에 작업자들은 숨을 작게 쉬는 버릇이 생겼다.

환풍구는 있지만 에어컨은 없었다. 한여름의 작업장은 너무 더워서 30분만 작업을 하여도 땀이 비 오듯 쏟아졌다. 자극적인 냄새와 증기는 집중력을 떨어트리고 주의력을 빼앗았다.

평소라면 그래도 작업을 계속할 수 있겠지만, 오늘은 3일이나 숙면을 취하지 못했다. 계속 정신을 차리려고 애써도 잠이 쏟아졌다.

의식이 몽롱해지고 눈꺼풀이 무거워졌다.

'정신 차려!'

잠기운이 맹렬한 기세로 코타리의 의식을 덮쳐왔다.

눈앞에는 염산이 든 통이 있었다. 통 안에는 염산이 금속에 붙은 녹이나 산화피막을 녹이며 흰 거품을 뿜고 있다. 여기에 손을 집어넣었다간 끔찍한 참사로 이어질 것이다.

'차라리 뒤로 물러서!'

머릿속에서 경보가 울렸다. 하지만 중추신경에는 도달하지 못한 채 천천히 고개가 숙여졌다.

'위험해!'

본능이 위험을 감지하고 있었지만 이성은 마비되어 있었다.

점차 평행감각이 흐려지고 몸이 기울어졌다.

'안 돼!'

다가간다. 다가간다….

"뭐 하는 거야, 인마!"

그 순간 코타리의 몸을 뒤로 끌어당기는 사람이 있었다. 뒤를 돌아보니 같은 구역에서 일하는 야구치 마사키였다.

"아…, 그게, 죄송합니다. 잠시 딴생각을 했습니다."

"딴생각을 하다니…. 지금 네 앞에 뭐가 있는지 알아?"

야구치는 코타리를 산이 든 통에서 떨어트리면서 근처 의자로 데리고 와 앉혔다.

"괜찮습니다."

"뭐가 괜찮다는 거야, 이놈아!"

야구치는 코타리를 강하게 흔들었다. 화난 목소리와 흔들림에 겨우 잠기운이 달아났다.

"그냥 뒀으면 네 얼굴이 통에 빠졌을 거라고."

야구치가 진지한 표정으로 하는 말을 들으니, 코타리

도 정신이 돌아옴과 동시에 공포가 몰려왔다. 이마에서 흐르는 땀과 다른 식은땀이 등줄기에서 흘러내렸다.

"덕분에 살았습니다. 감사합니다."

"…제대로 좀 해."

야구치는 안도하면서 한숨을 쉬었다. 그 한숨 소리를 들으니 사태의 심각성이 재차 느껴졌다.

야구치는 코타리의 1년 선배로 코타리에게 작업 방법을 알려준 사수이기도 했다. 잘 돌봐주고 가르쳐줘 코타리가 신뢰하는 몇 안 되는 사람 중 한 명이었다.

"대체 무슨 일이야? 평소에는 말 걸기 미안할 정도로 집중하는 녀석이…"

야구치가 항상 자신을 지켜봐주고 있다는 사실에 고마움이 느껴졌다. 그래서 최소한의 변명은 해야 할 것 같았다.

"말씀드리기 죄송하지만 잠을 제대로 자지 못했습니다."

코타리는 야구치에게 어젯밤 옆방에서 들려온 소음 때문에 잠을 제대로 자지 못했다고 고백했다. 물론 야구치 역시 같은 기숙사에 사는 직원에 불과하기에 이

일을 해결해 줄 수 없었다. "음, 기능실습생으로 들어
온 외국인 직원이라…."

야구치는 그렇게 말하며 당혹스런 표정을 지었다.

"그런 친구들 중에는 일본어가 통하는 녀석도 있지
만 그렇지 않은 녀석도 있어서 말이야. 말이 안 통하
면 항의하는 것도 쉽지 않아."

"경험해 보신 것처럼 말씀하시네요?"

"내가 사는 기숙사에도 외국인 노동자가 있거든. 한
밤중에 샤워하는 것은 아닌데 자정까지 친구를 불러
서 소란 떠는 녀석이 있어. 게다가 그 좁은 원룸에 거
의 5, 6명이 같이 잔다니까."

원룸 하나를 6명이서 쓴다면 빈 공간도 거의 없을 것
이다.

"그럼 거의 민박 아닌가요?"

"거의가 아니라 진짜 민박이야. 더 심각할 때는 애인
을 불러서 모텔로 쓸 때도 있다니까. 너도 알다시피 벽
이 얇잖아. 도저히 잠을 잘 수 없더군."

야구치는 음흉한 미소를 지으며 짜증난다는 듯이 말
했다. 아직 독신이기에 호기심에 교성(嬌聲)을 엿들을
수도 있겠지만 공장 일이 워낙 위험하고 근무시간도

길어 수면시간을 확보하는 것이 최우선이었다.

"저보다 심각하셨던 거네요. 그럼 관리인에게 말씀드리지 그러셨어요?"

"관리인에게 말해도 그놈들은 '일본어 짤 모라요'로 끝이야. 회사에 직접 보고해도 회사는 회사대로 켕기는 것이 있어서 강하게 나서지 못하더라고."

그 설명에 코타리도 한숨을 쉬며 고개를 끄덕일 수밖에 없다. '니시무라 정밀'이 '켕기는 것'은 현장 사람이라면 다 알고 있다.

외국인 기능실습생은 모국에서 계약서를 작성하고 일본에 와서 정규직이 아닌 계약직으로 고용된다. 그것을 빌미로 '니시무라 정밀'에서는 약정된 야근 수당을 지불하지 않고, 기본급조차 제대로 지급하지 않는 경우가 비일비재했다. 회사 입장에서는 외국인 기능실습생은 그냥 값싼 노동력일 뿐이다.

노동청에 고발할 사유지만 기능실습생들이 항의하지 않는 것은 그들도 나름대로 '켕기는 것'이 있기 때문이다. 일단 그들은 모국에서 일본에 올 때 빚을 지고 오는 경우가 많았다. 그래서 월급을 받아 조금씩 갚아나갈 요량으로 취업한 것인데, 회사에 항의하다가 해고

당해 모국으로 돌아가게 되면, 빚을 갚을 수 없게 된다. 또한, 애초에 취업비자가 아닌 관광비자만 받고 불법으로 취업한 상태인 경우도 많았다.

아무튼 외국인 기능실습생들도 회사도 서로 켕기는 것이 있기 때문에 다소 문제가 있어도 쉬쉬하는 것이다. 그러다 보니, 누가 피해자이고 누가 가해자인지도 애매해진 셈이었다.

"난 항상 귀마개를 하고 자." 야구치는 한숨을 쉬며 이어서 말했다. "외국인 노동자들이 짜증나는 것은 사실이지만 현장에서 같이 일하다 보면 동정심도 생기거든. 낯선 타국에 와서 부당한 조건으로 일하고 있잖아. 어느 정도는 이해해줘야 한다고 생각해."

"하지만 우리 업무는 숙면을 못 취하면 사고로 죽을 수도 있잖아요."

"방금 네가 정말로 죽을 뻔했지. 하지만 관리인이나 회사에 알려도 별 수 없다는 것은 알아둬. 스스로 알아서 해야 해."

납득할 수 없었지만 스스로 해결하라는 조언은 현실적으로 타당했다. 사실 코타리도 일방적으로 외국인 기능실습생들을 비난만 할 수 있는 입장은 아니었다.

자신도 그들 이상으로 켕기는 것이 있으니까….

"이봐, 거기 두 사람!"

갑자기 날카로운 목소리가 들려왔다. 작업반장인 키스기였다.

"왜 멋대로 쉬고 있는 거야? 농땡이 피우지 마. 빨리 위치로 돌아가!"

그는 코타리와 야구치의 사정 따윈 알 바 아니라는 듯 소리쳤다. 키스기는 작업자들을 쉬지 않게 하는 것이 자신의 업무라고 생각하는 경향이 있었다. 그나마 같은 일본인 작업자에게는 말로 지적했지만 외국인 기능실습생들에게는 가차 없이 손찌검도 행했다. 코타리는 지켜보는 입장에서 거북하기도 했지만, 작업자 중에는 기능실습생을 학대하는 것을 보고 대리만족을 느끼는 사람도 있었다. 그러니 정의감에 나서봐야 오히려 불똥만 튈 뿐이다.

코타리와 야구치는 거의 동시에 혀를 차고 각자의 위치로 돌아갔다.

오전 중에 코타리를 괴롭혔던 잠기운이 점심을 먹은 직후 다시 덮쳐왔다. 하지만 그나마 두 번째 습격은 자판기에서 산 에너지드링크를 마시고 오후 작업은 겨우 졸지 않고 끝냈다.

문제는 오늘 밤이다.

오늘 하루 무리를 했으니, 어쩌면 눕자마자 곯아떨어질 가능성도 있었다. 하지만 만약 또 새벽에 깬다면 어떻게 될까. 내일은 오늘보다 더 심각한 상황에 빠질 수도 있었다.

'자야 한다. 오늘 밤은 무조건 자야 한다.'

코타리는 편의점에서 술과 도시락을 사서 기숙사에 돌아오자마자 허겁지겁 입 안으로 도시락을 털어 넣었다. 그것들이 위장에서 소화도 되기 전에 서둘러 샤워를 했다.

그리고 욕실에서 나오자마자 에어컨을 켰다. 잠들기 위한 최적의 조건을 만드는 것이다.

마지막으로 술을 들이켰다. 잠을 못 자서인지 평소보다 더 쉽게 취기가 오르는 것 같았다.

잠시 스마트폰으로 웹 서핑을 하다 보니 저절로 눈꺼풀이 무거워졌다. 에어컨 소음도 귀에 익숙해져 소음으로 느껴지지 않았다. 이제는 그저 찬 기운이 좋았다.

'이때를 놓쳐서는 안 돼.'

감기에 걸리지 않도록 이불로 배를 덮고 눕자 바로

의식이 흐려졌다.

쏴아아아아.

꿈나라에 있던 코타리는 또다시 그 샤워 소리에 현
실로 돌아왔다.

"빌어먹을!"

입에서 저절로 욕이 튀어나왔다.

'아예 옆방에 가서 항의를 해 볼까.'

스마트폰으로 시간을 확인해 보니, 오전 2시 15분이
었다. 역시 어제와 같은 시간대였다.

눈을 뜨니 취기는 완전히 사라진 상태였다. 에어컨은
계속 켜져 있었지만, 밖이 너무 더워서인지 그다지 시
원하게 느껴지지 않았다.

쏴아아아아, 쏴아아아아.

새벽에 잠에서 깨니 도저히 화를 자제할 수 없었다.

"야! 이런 시간에 샤워하는 게 말이 돼!"

옆방을 향해 소리를 질렀다. 하지만 잠시 반응을 기
다려도 여전히 샤워 소리만 들릴 뿐이었다.

"안 들려, 엉? 안 들리냐고?"

옆방의 샤워 소리가 들릴 정도니까 코타리의 말이

안 들릴 리가 없다.

"들릴 거 아니야? 이제 그만하라고!"

다시 소리를 질렀다. 그래도 전혀 변화가 없었다.

"이 새끼가!"

욕실로 예상되는 벽 쪽에 대고 외쳤다.

"당장 샤워를 그만두라고!"

말로만 소리치는 것이 아니라 벽을 두들겼다.

한 번.

그리고 한 번 더.

하지만 샤워 소리는 여전히 들려왔다.

"그만하라고 했잖아!"

코타리는 자신도 모르게 절규했다.

그때 쉬하오란이 사는 옆방과 반대쪽 옆방에서 소리
가 들려왔다.

"시끄러, 인마!"

아무래도 쉬하오란이 아닌 반대편 방 사람을 자극한
모양이었다. 엄한 데로 불똥이 튀었다. 이런 일로 반대
편 방 사람과 싸울 수는 없었다. 어쩔 수 없이 목소리
를 낮추었다.

"새벽에 샤워하면 안 되는 거 몰라?"

샤워 소리 때문에 안 들리는 것인지 아니면 일본어를 모르는 것인지 모를 일이었다. 얼마 후 이윽고 샤워 소리는 멈추었다. 그런데 소리가 없어진 것이 아니라 다른 소리로 바뀌었다.

푸욱, 푸욱, 푸욱, 푸욱.

벅벅, 벅벅, 벅벅.

이번에는 샤워 소리보다 더 불쾌했다. 톱질하는 소리처럼 느껴졌기 때문이다.

매일 밤 욕실에서 무언가를 잘라내는 것일까. 항의해도 멈추지 않는 이상한 소음은 무언가 흉악 사건을 연상시켰다.

벅벅, 벅벅, 벅벅.

또다시 톱질하는 듯한 소리가 들렸다.

오싹함이 느껴지는 가운데 척추에서 식은땀이 흘렀다.

물론 코타리의 지난번 상상은 자신의 망상에 지나지 않을 것이다. 바로 옆방에서 누군가 사람 시체를 절단하여 해체하고 있을 리가 없지 않은가.

하지만 소리를 들으면 들을수록 더욱 끔찍한 상상이 떠올랐다. 벽에 귀를 대고 있던 코타리는 천천히 뒷걸음질쳤다.

쿵.

이번에는 절단한 무언가가 바닥에 떨어지는 소리.

바로 공포에 휩싸였다. 코타리는 침대로 돌아와 이불을 뒤집어쓰고 소리를 막으려 했다.

하지만 얇은 이불로는 방음 효과를 기대할 수 없었다. 무슨 소리인지 생각하면 할수록 거기에 집중하게 되어 오히려 더 소리가 또렷하게 들렸다.

쏴아아아아, 쏴아아아아.

다시 샤워 소리가 들려왔다.

이 물소리는 시체를 해체하면서 나온 피를 씻어내기 위함일까. 아니면 샤워 소리로 다른 끔찍한 행위를 감추고 있는 걸까.

'그만해. 부탁이니까 이제 그만해.'

기도를 해도 소용이 없었다. 그러는 사이 옆방에서 들려오는 소리는 1시간 동안이나 이어졌다.

코타리는 그날 밤도 말똥말똥 깬 채 잠을 잘 수 없었다.

2

다음 날 아침 기분은 최악이었다.

옆방에 사는 쉬하오란이 시체를 분리하고 있다는 망상은 아침이 오면서 사라졌지만 이틀간 이어진 수면 부족에 코타리의 인내심은 한계에 다다랐다. 지금 누군가와 시비라도 붙으면 바로 싸움이 날 것 같았다.

두통도 심각했다. 원래 술이 세지도 않은 터라 자기 전에 마신 술이 숙취를 야기했다. 수면 부족과 숙취라는 이중고에 조금 전부터 둔탁한 두통이 느껴졌다. 마치 머릿속에서 종이 울리는 기분이었다.

최악의 상태였지만 병에 걸린 것은 아니니 출근은 해야 했다.

결국 코타리는 아침을 거르고 공장에 도착하기 전에 카페인을 잔뜩 섭취하기로 했다. 그것 외에 좋은 방법이 떠오르지 않았다. 물론 에너지 드링크에 포함된 카페인 함량은 커피 한 잔에 들어간 양 정도밖에 되지 않는다고 한다. 그러니 에너지 음료를 한 잔 마신다고 해서 대단한 효과는 기대할 수 없었다.

도저히 못 참겠으면 오늘만큼은 염산이 든 통이나 기타 위험물에서 멀리 떨어진 작업장에서 일할 수 있도록 요청하는 것도 생각해 봤다. 작업반장은 짜증을 내겠지만, 무리하다가 사고를 내는 것보다는 나은 선택이다.

코타리는 두통을 참으며 현관문을 열었다. 갑자기 열기가 덮쳐와 발걸음을 멈추었다.

어제보다도 더 뜨거운 열기였다. 공장 내 온도도 높을 것이다. 수면 부족 상태임을 감안하면 오늘은 사고 위험이 더 높았다.

머리도 무거웠지만 다리는 더 무거웠다. 몸을 억지로 질질 끌며 방에서 나왔을 때 인기척이 느껴졌다.

그 203호실 문이 열리고 있었다.

2층 복도는 몸을 숨길 곳이 없었다. 코타리는 그 자리에 멈춰서서 어떤 사람이 나오는지 관찰했다.

'이 녀석이 쉬하오란인가.'

왜소한 남자였다. 키가 165센티인 코타리보다도 작았다. 짧은 스포츠 머리에 둥근 얼굴형, 가느다란 눈과 눈썹이 인상적이었다. 티셔츠와 청바지를 입고 있어 차림새는 별다른 특징이 없었다.

하지만 태도는 인상적이었다. 코타리를 보자마자 웃으며 인사했다.

"안녕하세요."

어색한 억양은 역시 외국인스러웠다.

코타리는 인사를 하려고 하다가 입을 닫았다. 인사보다 먼저 해야 할 말이 있었다.

"당신이 쉬하오란 씨인가요?"

중학교 국어교과서에 나오는 수준의 말이었지만, 상대방의 일본어 수준을 고려하면 적절한 질문일 수 있었다.

"아, 네. 저는 쉬하오란입니다."

'그럼 빨리 본론으로 들어가자.'

"요즘 새벽에 샤워하시죠? 이 건물은 벽이 얇아서 소리가 옆방까지 다 들려요."

사생활을 침해했다는 사실을 곧바로 이해하지 못했는지 쉬하오란은 웃음만 지을 뿐이었다.

"쉬하오란 씨도 '니시무라 정밀'에서 일하시죠? 그럼 수면 부족이 사고로 이어질 수 있다는 사실을 알고 계시잖아요."

쉬하오란의 표정은 바뀌지 않았다. 마치 가면을 쓰고

있는 것 같았다.

"사고라고요, 사고. 공장에는 위험한 약품이 많아서 조금만 실수해도 큰 사고로 이어질 수 있어요. 그래서 작업하는 우리는 항상 세심한 주의를 기울여야 하죠. 수면 부족은 치명적이에요. 특히 제 작업 위치는 염산이 든 통 바로 앞이라서 하루 종일 위험하다고요."

코타리는 나름 진지하게 호소했지만 쉬하오란은 쇠 귀에 경 읽기인지 표정 변화가 없었다.

코타리는 점점 불안해졌다. 사실은 쉬하오란이 코타리의 말을 알아듣고 있는 것은 아닐까. 알면서 모르는 척하는 것일지도 모른다.

"그러니까 당신이 새벽에 샤워를 하면 옆방에서 자는 내가 피해를 본다고! 알아들었어요?"

하지만 쉬하오란은 웃으며 고개를 가로저었다.

"죄송해요, 잘 모르겠어요."

"밤중에 소리를 내지 말란 말이야. 당신네 나라에도 그런 상식은 있잖아."

"저 중국에서 왔어요."

"그래, 중국인이겠지. 잘 알았어요. 아니, 그것보다 여기는 기숙사니까 매너를 지켜야 한다고요. 앞으로 새벽에 샤워를 하지 마세요."

"저 중국인이에요."

"그야 중국에서 왔으니 중국인이겠죠. 그 얘기가 아니라 최소한의 규칙, 아니, 뭐, 기숙사에 규칙이 있는 것은 아니지만 공동생활을 할 때는 서로 신경을 써야 한다고…."

"신경?"

"신경이랄까 배려, 그러니까, 어쨌든 남의 사정을 고려하는 거요. 알았어요?"

"배려. 알았어요."

"새벽에 샤워를 하는 것은 배려가 아니에요. 그러니까 앞으로 하지 마세요."

"배려. 알았어요."

처음과 변함없는 표정과 말투.

'이해를 한 건지 아니면 못한 건지…. 어쩌면 알면서 나를 놀리는 걸까.'

코타리는 쉬하오란의 표정을 살펴봐도 전혀 알 수 없었다.

짜증은 점점 더 쌓여갔다. 흥분하면 할수록 쉬하오란은 침착해지는 것 같았다. 피해자는 코타리인데 어째서 이런 답답한 기분을 느껴야 하는 것인가.

"너, 정말 알아들은 거야?"

갑자기 거친 반말이 튀어나왔다. 하지만 쉬하오란의 대답은 코타리의 신경을 거슬리게 할 뿐이었다.

"배려. 알았어요."'이 녀석은 날 바보 취급하는 거다.'

코타리는 화가 치밀어 올라 해서는 안 될 말을 해버렸다.

"대체 그런 시간에 욕실에서 뭘 하는 거야? 시체를 분리하는 소리 같던데…"

그 순간 쉬하오란의 표정이 차갑게 변했다.

가느다란 눈썹이 씰룩 움직이면서 미소가 사라졌다.

코타리는 순간 움찔했다. 조금 전 말을 기점으로 공수가 역전되어 버렸다. 지금까지 일방적으로 몰아붙이던 코타리가 순식간에 쩔쩔매게 되었다.

"그게 무슨 소리죠?"

"아니, 내 말은-."

"당신 말 못 알아듣겠어요."

'이번 말만 못 알아듣겠다는 건가.'

"이제 근무 시작 시간입니다."

쉬하오란은 감정이 없는 가면 같은 얼굴로 코타리 옆

을 지나치려고 했다. 섬뜩한 기분이 든 코타리는 자신도 모르게 옆으로 길을 터 주었다.

순간 코타리의 코는 이상한 냄새를 맡았다. 좁은 복도를 남자 둘이 동시에 통과하려고 하면 어떻게 해도 밀착하게 되기 때문이다.

씻어내는 것만으로는 쉽게 지워지지 않는 피 비린내와 단백질 냄새. 옷이나 피부가 아니라 머리카락에서 그런 냄새가 났다.

피부에 남은 냄새였다면 샤워를 했을 때 씻겼을 것이다. 하지만 머리를 감는 것을 잊은 것이 아닐까. 그런 생각이 들 정도로 냄새가 났다.

그 직후였다.

발밑, 203호실 현관문 밑에서 커다란 바퀴벌레가 튀어나왔다. 바퀴벌레를 무서워하는 코타리는 반사적으로 뒷걸음질쳤다.

그런데 쉬하오란은 눈썹 하나 움직이지 않고 순식간에 바퀴벌레를 밟아 죽였다.

아무 주저 없이, 아무 죄책감 없는 행동이었다.

코타리는 잠시 멈칫하기는 했지만 이내 무심한 듯 발길을 옮겼고, 쉬하오란도 계단으로 향했다. 쉬하오란의 구둣발 소리가 코타리의 귓가에 꽂혔다.

조금 전 코타리의 콧속으로 들어온 냄새가 공포를 자극했다. 망상이라고 생각했는데 갑자기 망상이 아닐 가능성에 몸이 떨렸다.

'아니야, 역시 망상일 거야.'

샤워 후에 고기 요리를 조리했을 수도 있다.

'아니지. 정말로 그런 걸까.'

그 열대야 속에서 새벽 2시에 샤워를 한 뒤 냄새 나는 야식을 먹었을 가능성과 시신을 처리했을 가능성 둘 중 어느 쪽이 높을까.

공포심에 머릿속이 혼란스러웠다.

오늘 오감으로 느낀 것은 무시할 수 없었다. 쉬하오란의 머리에서 맡은 피 비린내와 단백질 냄새는 코타리의 상상이 망상이 아님을 증명하는 것일지도 모른다.

쉬하오란의 뒷모습이 보이지 않을 때까지 코타리는 한 발자국도 움직일 수 없었다. 마치 가위에 눌린 것 같았다.

조금 전 쉬하오란이 나왔던 203호실. 코타리는 마치 누군가에게 끌려가듯 현관문에 귀를 갖다대 보았다. 문에 밀착하여 안에서 나는 소리를 살폈다. 아무도 없

기에 아무 소리도 들리지 않는 것이 당연함에도 온몸
이 오싹했다.

코타리가 서 있는 곳은 기숙사 2층 복도였지만, 한여
름의 열기는 그대로 전해지고 있었다. 하지만 몸이 떨
릴 정도로 오한을 느끼지 않을 수 없었다.

쉬하오란과 잠시 이야기를 나눈 탓에 잠기운은 어디
론가 사라져버렸다. 평소와 같은 시간에 공장에 도착
해 작업을 시작해도 집중력은 흐트러지지 않았다. 이
유는 명백했다. 쉬하오란에 대한 경계심 때문이었다.

염산이 든 통 앞에 섰을 때 긴장감은 정점에 달했다.
통뿐만 아니라 등 뒤에도 누가 없는지 확인했다. 과한
경계심 같았지만 계속 신경이 쓰였다.

점심시간을 알리는 소리가 작업장 내에 울려 퍼지자,
자연스레 몸에서 힘이 빠지며 한숨이 나왔다. 긴장을
많이 했는지 어깻죽지가 딱딱하게 굳어 있었다.

서둘러 편의점 도시락을 가지고 작업장 밖으로 나갔
다. 햇살은 강했지만 그늘에 들어가면 바람이 불어 시
원했다. 환풍기밖에 없는 작업장에 비하면 천국이었다.

벽에 기댄 채 한숨을 쉬었다. 흡연자라면 지금쯤 담

배 한 개피를 꺼내겠지만, 코타리는 흡연자가 아니었다. 게다가 애초에 위험물을 대량으로 취급하는 공장 안은 전 구역이 금연 구역이었다.

"어이."

소리가 들리는 곳을 보니, 야구치가 특이한 걸음걸이로 다가오고 있었다. 야구치는 흡연자라서 휴식시간에는 입이 근질거려 빼빼로를 물고 있곤 한다.

"오늘은 또 어떻게 된 거야? 평소보다 더 집중하는 것 같던데…"

"절 계속 지켜보셨나 봐요?"

"어제 그런 말을 들었으니까. 혹시나 네가 염산이 든 통에 머리를 처박을까 조마조마했었어."

"걱정하게 해서 죄송해요."

"너한테서 그런 말을 들은 직후에 사고라도 나 봐. 내가 나중에 얼마나 죄책감을 느끼겠어?"

"…어이쿠, 감사합니다. 배려심 많은 야구치 선배라면 그럴 만도 하시죠."

"아무튼 내가 조언한대로 어젯밤에는 귀마개를 하고 잔 거야?"

"아니요, 그 반대예요. 또 새벽 2시에 깨서 잠을 못

잤어요."

"그럼 어제랑 똑같잖아. 그런데도 작업 중에 안 졸았네?"

"멍하니 있다가는 뒤통수를 맞을 수도 있으니까요."

"대체 무슨 일이 있었던 거야? 괜찮으면 말해 봐."

코타리는 처음부터 어제와 오늘 일었던 일을 야구치에게 숨길 생각이 없었다. 어젯밤 자신이 느낀 느낌과 오늘 아침의 쉬하오란에게서 받은 인상을 전했다. 이야기를 들은 야구치는 황당하다는 표정으로 코타리를 쳐다보았다.

"이 봐, 내가 말해보라고 하긴 했지만 그건 그냥 네 선입견이나 편견이잖아."

"네? 무슨 편견이죠?"

"중국인이나 외국인에게 품고 있는 편견 말이야. 한밤중에 소리가 난다든지, 인상이 더럽다든지, 이유도 없이 외국인 노동자들을 범죄자 취급하고 있잖아. 아니, 사람이 바퀴벌레를 밟아 죽일 수도 있지. 우리 기숙사는 애초에 바퀴벌레 소굴이기도 하고."

코타리의 생각이 편견이라는 지적을 당하자, 코타리는 스스로에게 다시 한번 물었다. 중국인이라고 할 때

떠오르는 나쁜 이미지 때문에 자신이 아무런 증거도 없이 쉬하오란을 범죄자로 몰아간 것은 아닐까.

"물론 명품 사재기를 하거나, 범죄를 저질러서 체포당하는 중국인을 보면, 역시 우리랑 문화가 다르구나 싶기도 해. 하지만 그건 어디까지 일부야. 마음을 터놓고 이야기를 해보면 생각이나 예절도 크게 다르지 않아."

"말이 안 통하잖아요. 의사소통이 되질 않으니 무슨 생각을 하는지 전혀 알 수 없어요."

"같은 일본인이라도 무슨 생각을 하는지 알 수 없는 사람도 많아."

"야구치 씨는 중국인에 대해 잘 아시나보네요?"

"중국인뿐만 아니라 외국인 전체에 대한 얘기야."

야구치는 온화하게 말했지만, 살짝 언성을 높였다.

"우리 회사 같이 외국인을 기능실습생으로 받아주는 곳은 많아. 특히 3D 업종을 외국인에게 떠넘기고 있는 것이 현실이라 분명 앞으로는 외국인 노동자들이 더 많아질 거야."

"미국처럼 이민자가 많은 나라가 된다고요?"

"그 정도까지 가려면 시간이 걸리겠지만, 지하철 표

지판이나 안내방송만 봐도 이미 여러 나라 말이 섞여 있잖아."

듣고 보니, 맞는 말이라 반박할 수 없었다.

"그렇게 신경 쓰이면 방을 바꿔 달라고 회사에 요청 해보는 것은 어때? 그럼 문제는 해결되잖아."

"벌써 알아봤는데, 지금은 빈 방이 없대요. 그리고 옆방 소음 때문이라고 하면 회사에서 방을 바꿔줄 것 같지도 않고요."

"그럼 기숙사에서 나가면 되겠네. 슬슬 결혼을 생각 해보는 것은 어때?"

"…독신이신 야구치 선배님께 듣고 싶은 말은 아니네 요."

코타리는 사실 방을 바꾸는 것보다 아예 이직을 해 버릴까도 생각해 봤다. 하지만 바로 단념했다. 이직을 해도 지금보다 나은 생활이 보장되는 것도 아니고, 새 로운 직장을 찾을 자신도 없었다.

"그런데 말이야, 옆방 사람이 시체를 분리하고 있다 니, 무슨 호러 영화도 아니고… 너 그런 영화를 너무 많이 본 거 아니야?"

"아니요. 저 그런 영화 안 좋아해요. 하지만 말입니

다, 그럼 욕실에서 들려오던 소리는 어떻게 생각하세요? 설마 요리가 취미라서 욕실에서 준비라도 하고 있다고 생각하시나요?"

"뭐? 왜 그런 말도 안 되는 소리를 해?"

그때 갑자기 누군가가 끼어들었다.

목소리의 주인은 흰 가운을 입은 채 양손을 주머니에 찔러 넣고 걸어오고 있었다. 올백으로 묶은 머리카락과 약간 작은 안경을 쓴 여자였다. 가벼운 화장 때문에 잘 부각되지는 않지만 자세히 보면 상당한 미인이었다.

베츠미야 사호리. 그녀는 공장에서 최종검사원 직책을 맡고 있었다. 도금 제품의 최종 테스트를 하고 시험 성적서를 작성하는 것이 그녀의 업무였다. 업무 특성상 사호리는 항상 흰 가운을 입고 있어 갈색 작업복을 입고 있는 코타리 무리와는 다른 곳에서 근무하는 사람 같았다.

하지만 사호리와 코타리는 입사 동기이며 나이대도 비슷해 직장 내 서열을 떠나 반말을 하는 사이였고, 둘은 사실 사내 비밀 연애를 하는 사이였다.

"엿듣는 건 좋은 취미가 아니야."

야구치가 비난하듯 말하자 사호리는 어깨를 움츠리며 말했다.

"그렇게 큰 소리로 떠드는데 엿듣고 할 것도 없었어요."

"여자가 들어서 유쾌한 이야기가 아니야."

"욕실에서 요리 준비를 한다며? 뭐가 문제인데?"

야구치는 고민하다가 코타리를 쳐다보았다. 그녀에게 어디까지 털어놔도 될지 묻고 싶은 것이다. 어차피 둘러대도 소용없는 상대였다. 그렇다면 솔직하게 이야기하는 편이 사호리의 조언이라도 받을 수 있을 것이다.

코타리는 야구치 대신 자신이 직접 답하기로 했다.

"사실은 최근 며칠간 기분 나쁜 일이 좀 있었어."

코타리는 최근 겪은 일을 차근차근 설명했다. 마지막 바퀴벌레 이야기를 들은 사호리는 노골적으로 인상을 찌푸렸다.

"야구치 선배 말대로 그냥 코타리의 망상 같네."

야구치가 있는데도 그녀는 스스럼없이 코타리를 대했다. 물론 코타리와 사호리의 관계를 알고 있는 야구치 앞에서는 그렇게 대해도 상관없지만, 사호리가 혹시 야구치가 아닌 다른 직장동료 앞에서도 그렇게 대할까 봐 코타리는 늘 조마조마했다.

"망상이라니 심하잖아."

"심하지도 않아. 증거도 없잖아. 이상한 소리가 들리는 사실이랑 바퀴벌레를 밟아 죽였다는 행동을 억지로 꿰맞춰서 제멋대로 망상에 빠진 거잖아." 사호리는 검사 업무를 해서 그런지 몰라도 늘 코타리나 야구치보다 논리적으로 생각했다. 감정에 흔들리고 마음 가는대로 행동하는 코타리와는 대조적이라 그런지 코타리는 그녀의 묘한 매력에 끌렸다.

"옆을 지나쳤을 때 그 녀석 머리에서 이상한 냄새도 났다니깐." 코타리가 말했다.

"그냥 고기 냄새였을지도 모르잖아."

"새벽 2시에 고기를 먹는다고?"

"그 쉬하오란이라는 사람, 요즘 기숙사에 늦게 들어온다면서? 외식을 안 했다면 밤늦게 밥을 지어서 먹었을 수도 있잖아."

"그래도 욕실에서 요리 준비를 한다는 것이 아무리 생각해도 이상하잖아."

"고기 손질을 잘 못하는 사람은 주방을 자주 더럽히니까 욕실에서 손질했을 수도 있지. 더러워지면 바로 씻어내면 되고 옷도 안 입어도 되니까."

사호리는 코타리의 논리를 하나씩 무너트렸다. 마치 코타리의 상상력과 사호리의 논리력이 싸우는 것 같았다. 그리고 이런 경우 코타리는 여태껏 이겨 본 적 없었다.

"수면이 부족하니까 논리적 사고를 못 하는 거야. 그러니까 망상만 하게 되고, 망상에 빠지니까 결국 잠을 못 자게 되는 악순환에 빠진 것이지."

사호리는 흥분했는지 살짝 몸을 앞으로 기울였다.

"그렇다고 술이나 카페인 같은 걸 섭취해도 효과는 없을 뿐더러 오히려 역효과만 날 거야."

"최종검사원이 무슨 의사라도 돼?"

"네 건강을 위해 충고하는 거니까 잠자코 듣기나 해."

야구치는 그런 두 사람의 대화를 웃으며 듣고만 있었다.

"그래, 충고 고맙다. 그럼 친절한 최종검사원 겸 의사님, 저는 충분한 숙면을 위해 무엇을 하면 될까요? 설마 일을 2배로 열심히 하면 피곤해서 푹 잘 수 있을 거라고 말씀하실 셈인가요?" 코타리는 갑자기 존댓말을 쓰면서 비아냥거렸다."일을 2배로 하지 않아도 피곤해지는 방법은 얼마든지 있어."

"갑자기 대낮부터 무슨 야한 이야기를 하는 거야?"
야구치가 음흉하게 웃으며 끼어들었다. "야구치 씨는 이
상한 상상하지 마시고 가만히 계세요. 생각해봐. 우리
작업은 기본적으로 서서 하니까 힘들기는 하지만 그
에 비해 운동량이 적어. 그러니까 퇴근한 후에 운동을
적당히 해서 땀을 흘려봐. 그것만 해도 많이 달라져."

"모처럼 제안해줘서 고마운데 이 더운 날에 운동까
지 했다가는 쓰러질 거야. 날 죽일 셈이야?"

사호리는 다시 한번 한숨을 내쉬었다.

3

그날 밤은 수면을 방해하는 불쾌한 소리가 전혀 없어 드디어 코타리는 숙면을 취할 수 있었다.

하지만 꿈자리가 사나워 아침에는 기분이 좋지 않았다.

꿈은 대개 잠에서 깨면 잊기 마련인데 이번에는 달랐다. 코타리 자신의 팔다리가 잘리는 꿈이었기 때문이다.

쉬하오란이 코타리의 팔다리를 절단하려고 했다. 장소는 코타리도 잘 아는 기숙사 욕실이었다. 쉬하오란은 아침에 봤던 미소를 지으며 코타리를 움직일 수 없게 고정한 뒤 칼로 내려쳤다.

칼날이 무뎌서 그런지 코타리의 몸은 한두 번의 칼질로 잘라지지 않았다. 여러 차례 계속 칼질을 하자 겨우 한쪽 팔이 잘라졌다.

코타리는 자신의 팔다리가 잘리는 광경을 넋 놓은 채 쳐다보고 있었다. 고통은 느껴지지 않았지만 공포만큼은 현실처럼 느껴졌다. 팔다리가 절단될 때마다 절망과 상실감이 몰려왔지만 한 마디 말도 할 수 없었다.

코타리는 팔다리가 없는 상태가 되어 애벌레처럼 몸을 비틀대며 도망치려고 했다. 하지만 팔다리에 전혀 감각이 없었다.

코타리는 욕실 바닥을 기어서 도망쳤다. 하지만 아무리 바닥을 기어가도 욕실 문은 멀게 느껴졌다. 금세 쉬하오란에게 다시 어깨를 붙잡혔다.

그러고 나서 쉬하오란이 다시 칼을 내려쳤다. 한 번, 또 한 번.

칼질이 반복되는 동안 절망감과 공포심이 쌓여갔다.

눈을 떴을 때는 온몸이 땀으로 흥건했다. 에어컨은 타이머 설정을 해두었기 때문에 이미 꺼져 있었다. 땀에 젖은 셔츠가 몸에 달라붙었다. 코타리는 바로 샤워를 하고 옷을 갈아입었다.

드디어 수면 부족이 해결되었지만 꿈에서 본 장면이 머릿속을 떠나지 않았다. 옆방에서 소리가 들리면 잠을 잘 수 없는 노릇이고, 반대로 겨우 잠들면 악몽에 시달리니 미칠 노릇이었다.

그래도 어젯밤에는 잠을 충분히 잤기 때문에 적어도

일할 때 피곤하지 않을 것이다.

코타리는 억지로 몸을 일으켜 집을 나왔다. 다행히 오늘 아침에는 쉬하오란과 마주치지 않았다.

오늘도 아침부터 무더웠다. 집을 나서자마자 열기가 온몸을 휘감았다.

기숙사에서 공장까지는 걸어서 10분이 걸렸다. 평소에는 코타리가 출근하는 시간이 다른 사람들의 출근 시간과 겹치기 때문에 회사원들 사이를 헤치며 겨우 출근하곤 했지만, 오늘 아침은 좀 달랐다.

중년 부부가 개찰구 근처에서 전단지를 나눠주고 있었다.

"제보를 부탁드립니다!"

"딸과 관련된 정보라면 어떤 정보든 괜찮습니다!"

"제보를 부탁드립니다!"

"부탁드립니다. 제 딸은 지금 어딘가에서 두려움에 떨고 있습니다."

부부의 목소리는 오랜 시간 외친 탓인지 거의 쉬었다.

아버지로 보이는 남성은 목이 아픈지 이따금 기침을 했다. 하지만 쉬지 않고 행인들에게 외쳤다.

"여러분, 잘 들어주세요! 저희 큰딸 히가시라 유노가 실종된 지 5일이 지났습니다. 경찰에 신고했지만 단순 가출 사건이라며 수사에 나서주지 않았습니다. 그래서 저희가 직접 찾아나섰지만 단서가 없습니다. 아직까지 딸을 보았다는 사람도 없습니다."

옆에 있던 중년 여성도 목소리를 한껏 높였다.

"5일 전에 유노는 꽃무늬 셔츠에 무릎까지 오는 스커트를 입고 출근한 후 돌아오지 않았습니다. 분명 지금도 그 옷을 입고 있을 것입니다. 무엇이든 좋습니다. 그런 여성을 보신 분이 있으시다면 저희에게 연락해 주세요. 간곡히 부탁드립니다."

마지막 말은 거의 절규에 가까웠다. 하지만 행인 대부분은 두 사람을 무시하며 그냥 지나쳤다.

문득 코타리는 자신의 부모님을 떠올렸다. 성인이 된 이후 찾아뵙지 못했지만 부모님을 완전히 안 보기로 결심한 것은 아니었다. 그래서인지 전단지를 나눠주는 부부의 얼굴이 부모님의 얼굴과 겹쳐보였다. 코타리는 무언가에 홀린 듯 부부에게 다가갔다.

"저도 한 장 주세요."

전단지를 나누어주던 중년 여성은 기다렸다는 듯이

전단지를 건네주었다. 중년 여성은 전단지를 주면서 코타리에게 "잘 부탁드립니다."라고 말하며 고개를 숙였다.

"따님을 빨리 찾으셨으면 좋겠네요."

"감사합니다. 열심히 찾겠습니다."

코타리는 힘들어 하는 그들의 모습을 더는 보지 못하고 서둘러 그 자리에서 벗어났다.

A4사이즈의 전단지에는 실종되었다는 여성의 사진과 프로필이 적혀 있었다.

키는 152센티미터에 평범한 체격, 얌전하다기보다 활발해 보이는 인상이었다.

이름은 히가시라 유노이며 나이는 25세였다. 주소는 오오타구 오오모리 미나미 0-0이었다. 역에서 멀지 않은 곳이며, '니시무라 정밀' 근처였다.

'히가시라 유노는 8월 15일, 가와사키에 있는 회사에서 퇴근한 뒤 실종되었습니다. 그때 꽃무늬 셔츠와 흰 스커트를 입고 있었습니다. 당일 오후 7시 이후의 정보가 필요합니다. 가와사키부터 오오타구 오오모리 미나미까지의 지역에서 딸아이를 직접 목격하셨거나 그 아이를 본 적이 있다는 사람을 알고 계신 분은 연락주

십시오. 연락처는 03-0000-0000입니다.'

사진은 스냅 사진을 집에서 프린터로 인쇄한 사진이었다. 제대로 인쇄한 전단지가 아니었지만, 그것이 오히려 부모의 진심어린 호소를 느끼게 만들었다.

코타리가 뒤를 돌아보니 여전히 히가시라 부부는 행인들을 향해 외치고 있었다. 사실 이런 경우 실종자가 무사히 돌아오는 경우가 거의 없다는 생각을 하니, 안타까웠다.

코타리는 평소 길거리에서 전단지를 받으면 한 번 읽은 후 바로 쓰레기통에 버렸다. 하지만 이 히가시라 유노를 찾는 전단지는 버릴 수 없었다. 이 전단지를 보면 그 부부의 간절함이 느껴지는 것 같아 도저히 쓰레기통에 버릴 수 없었다.

점심시간에 멍하니 전단지를 보고 있을 때 야구치가 다가왔다.

"뭘 그렇게 열심히 보는 거야, 작업 순서라도 외우고 있는 거야?"

"그런 것이 아니에요."

코타리가 전단지를 건네주자 야구치는 빠르게 읽기

시작했다.

"뭐야, 오오모리 미나미라면 우리 공장 근처잖아?"

"네, 그래서 신경이 쓰여요."

"직장이 가와사키에 있다면 집까지 지하철을 갈아타지 않고 갈 수 있겠네. 그럼 이 전단지를 나눠주던 역에서 내려서 집으로 갔겠군."

"그렇겠죠."

"경찰은 수사를 하지 않았나 보네…. 만약 경찰이 제대로 수사를 했다면 가와사키부터 오오모리 미나미 일대까지로 수사 범위가 좁혀졌을 텐데…. 하긴 경찰이 수사를 시작했다면 부모가 전단지를 나눠주러 나오지도 않았겠지. 경찰은 단순 가출로 판단되면 수사를 하지 않으니까."

"잘 아시네요."

"고등학교 때 근처에 사는 여자애가 실종된 적이 있어. 하굣길에 아이가 사라져서 부모가 경찰에 신고했지만 경찰은 전혀 수사를 시작하지 않았어. 딱히 경찰이 나빠서가 아니라 미성년자의 경우 부모와 사이가 좋지 않아 가출하는 애가 많아서 그렇대. 아니면 학교에서 괴롭힘을 당했을 수도 있지. 그렇게 되면 민사 사건이 되니까 경찰이 개입하기 힘들어진대."

"그 여자애는 어떻게 됐나요?"

"시부야에서 한밤중에 돌아다니다 순찰 중이던 경찰 관에게 잡혔어."

"히가시라 유노 씨도 그럴까요?"

"글쎄."

야구치는 오늘도 빼빼로를 입에 문 채 말했다.

"중고생이면 몰라도 25세 성인 여성이니까. 5일 동안 이나 소식이 없는 것은 이상하긴 해. 하지만 성인이라 도 부모와 사이가 틀어질 수 있고, 어쩌면 애인 집에 머물 수도 있으니까 경찰이 곧바로 움직이기는 힘들지. 경찰이 소극적인 것도 이해는 가."

"의외네요. 야구치 씨는 경찰 편을 드시는군요?"

"편드는 건 아니야."

야구치는 심드렁하게 말하며 스마트폰을 꺼내더니, 어떤 뉴스를 읽어주었다.

"최근 몇 년간 실종된 사람은 경찰이 신고를 받은 건 수만 계산해도 전국적으로 8만 명 이상이야. 신고가 하지 않은 경우를 포함하면 틀림없이 두 배 이상일 거 야. 그러니 경찰은 그렇게 많은 실종자를 전부 찾을 수는 없어. 경찰 편을 드는 것이 아니라 순수하게 인력 부족이라는 말이야."

정말 야구치의 말대로 경찰이 실종자 모두를 찾아낼 수는 없을 것이다. 게다가 경찰은 실종 사건 외에도 강력범죄를 포함한 다른 수사도 해야 하기 때문이다.

"그런데 히가시라 유노가 없어진 위치라면 관할 경찰서가 카마타 경찰서겠지? 그럼 더 인력이 부족할 거야."

"카마타 경찰서에 무슨 일 있나요?"

"이걸 봐."

야구치가 내민 스마트폰 화면에는 또 다른 뉴스가 표시되어 있었다.

코타리는 기사 제목을 보고 어떤 사건을 떠올렸다. 5월 8일 카마타에 있는 주택가에서 여성의 시신 일부가 발견되었다. 근처에 사는 주부가 주택가에 설치된 쓰레기장에서 부패한 냄새를 맡아 쓰레기장을 확인해 보니 그 안에 인체의 하복부가 있었다고 했다.

카마타 경찰서의 조사 결과, 그것은 정말로 여성의 하복부로 밝혀졌지만 부패 정도가 심해 나이를 알 수 없었다고 했다. 곧바로 카마타 경찰서에 수사본부가 설치되었고, 다른 부위가 없는지 수색을 시작했다. 하지만 아직까지 후속 보도가 없는 것으로 보아 발견하지 못한 듯했다.

"이런 상황이니 5일 전에 실종된 사람을 찾을 여유가 없을 거야."

야구치가 열심히 설명했지만 코타리는 다른 생각을 하느라 그 말이 귀에 잘 들어오지 않았다.

'왜 생각을 하지 못했을까?'

며칠 전부터 쉬하오란의 기숙사 방에서 수상한 소리가 들렸다. 그것이야말로 피해 여성의 남은 부위를 해체하던 소리가 아니었을까?

꿈에서 보았던 광경이 다시 떠올랐다. 쉬하오란이 옅은 미소를 지은 채 칼질을 했다. 칼을 내려칠 때마다 욕실이 피바다가 되었다.

"넌 정말 어떤 생각을 하고 있는지가 얼굴에 바로 드러나는구나."

야구치의 한심하다는 말에 정신을 차렸다.

"네?"

"네, 라고 할 때가 아니야. 지금 옆방에 사는 그 중국인이 범인이 아닐까 의심하고 있잖아."

"카마타와 오오모리 미나미라면 여기서 그렇게 멀지 않아요. 그리고 토막 살인이라면 앞뒤가 맞잖아요."

"맞긴 뭐가 맞아?"

야구치는 타박하듯 말했다.

"잘 들어. 5월 중순에 시신의 일부가 발견되었어. 그리고 지금은 3개월이 지났지. 게다가 7월부터 무더위가 시작되었으니까 시신을 보관했다면 벌써 부패했을 거야."

"그야 그렇겠죠."

"TV에서 보았는데 시신이 부패하는 냄새가 엄청나서 해부할 때 같이 있기만 해도 머리카락에 냄새가 밴대. 기숙사 벽은 방음도 안 되는 얇은 벽인데, 만약 옆방에 시신이 있었다면 당연히 냄새가 심했겠지? 게다가 3개월 전 이야기잖아."

코타리는 기억을 되짚어 보았다. 생각해 보니, 처음 수상한 소리를 들었을 때가 바로 5월 중순이었던 것 같았다.

"3개월 전부터 시신을 보관했는데 전혀 냄새를 못 느꼈다면 네가 엄청 둔감한 거거나 악성 비염이야."

"시신을 냉장고에 보관하면 부패나 냄새를 억제할 수

있잖아요."

"기숙사에 냉장고가 있긴 하지."

"그렇죠."

"하지만 맥주만 조금 넣어도 꽉 차는 그런 작은 냉장고에 사람 시신이 들어가겠어? 토막을 낸다고 해도 머리 하나 넣으면 꽉 찰 거야."

야구치의 말대로 기숙사에 있는 냉장고는 수박 하나를 제대로 넣을 수 없었다. 코타리도 얼마 전 할인 행사 때 슈퍼에서 산 수박을 냉장고에 넣어보려다가 실패했기 때문에 잘 알고 있었다.

"카마타에서 시신의 일부가 발견되었다는 사실과 옆방에서 이상한 소리가 나는 것을 억지로 연결하려고 하니까 그런 망상에 빠지는 거야."

틀린 말은 아니었다.

"안색을 보니 잠을 잘 잔 것 같은데 어젯밤에는 그 소리가 안 났어?"

"네, 안 났어요. 하지만 언제 또 소리가 날지 모르죠…."

"계속 신경을 쓰니까 잠을 제대로 못 자는 거야. 자기 전에 술이라도 마셔."

"제가 술에 약하잖아요…"

"그럼 바로 취할 수 있으니까 오히려 좋잖아?"

야구치는 코타리의 고통을 공감하지 못하는 것 같았다. 술에 취해 쉽게 잠들 수 있을 정도였다면 벌써 그렇게 했을 것이다.

코타리는 다시 전단지를 보았다. 역 앞에서 절규하듯 외치던 부부의 얼굴이 떠올랐다.

그때 갑자기 야구치가 팔꿈치로 코타리를 찔렀다.

"호랑이도 제말하면 온다더니…"

야구치가 가리킨 곳을 쳐다보니 쉬하오란이 있었다.

'니시무라 정밀'은 중국뿐만 아니라 베트남이나 태국에서 온 외국인 노동자도 있었다. 외국인 노동자들은 서로 의사소통이 쉽고 동료의식이 있어서인지

근무 시간 외에는 같은 나라 출신끼리 어울렸다. 그래서 점심시간에는 군데군데 작은 그룹이 생겨났다.

하지만 쉬하오란은 항상 혼자였다.

공장 내에 중국인 노동자 그룹이 있었지만 그는 항상 혼자 떨어져 지냈다. 핸드폰을 만지지도, 무언가를 먹지도 않았다. 그저 벽에 기댄 채 무표정하게 허공을 응시했다.

섬뜩했다.

쉬하오란의 미소도 기분이 나빴는데 무표정한 얼굴은 마치 감정이 없는 마네킹 같아 아예 인간이 아닌 것처럼 느껴졌다.

쉬하오란은 우리의 시선을 눈치챘는지 천천히 우리 쪽으로 고개를 돌렸다. 코타리는 자신도 모르게 야구치의 등 뒤로 숨었다.

"야, 갑자기 왜 그래?"

"죄송합니다. 잠시 숨겨주세요."

"네가 피해자잖아?"

"피해자건 가해자건 무섭긴 마찬가지예요."

야구치가 탄식하며 말했다.

"이거 보호자라도 된 기분이네."

쉬하오란은 야구치와 코타리를 한 번 쳐다본 다음 다시 고개를 돌리고 그대로 다른 곳으로 가버렸다.

"여기서 숨어봤자 기숙사에 돌아가면 어차피 마주치잖아."

"오늘은 아니에요."

"왜?"

"오늘은 약속이 있거든요."

오늘은 소박한 사치를 즐기는 날이었다.

코타리는 불길함을 쫓을 생각으로 전단지를 근처 쓰레기통에 버렸다.

코타리는 퇴근 후 기숙사가 아닌 카마타역으로 향했다. 역 부근에는 돈가츠 가게 골목을 포함해 여러 대중음식점이 있었다. 그래서 바가지를 씌우거나 맛없는 가게가 거의 없어 코타리와 같은 저임금 노동자들이 즐겨 찾았다.

만나기로 약속한 가게를 찾아 들어가자 그녀가 먼저 와 있었다.

"수고했어."

사호리가 코타리를 발견하고 조그맣게 손을 흔들었다. 혹시나 싶어 주위를 둘러보았지만 같은 공장 사람은 없었다.

"기다리다가 지쳐서 먼저 주문했어. 코타리 것은 특제 로스카츠 정식을 주문했는데 괜찮지?"

"응, 그거면 돼."

자신을 이름으로 부르는 사람은 사호리뿐이었다. 물론 둘만 있을 때만 그랬다.

코타리는 그녀가 자신의 이름을 부를 때마다 마음이 편안해졌다.

"기다리게 해서 미안해."

"갑자기 야근 시켰지? 키스기 작업반장은 정말 일정 조정을 못해. 야근을 할 거 같으면 오전에 미리 말해줬어야지."

"그런 면에서 최종 검사만 하는 자기는 좋겠어. 정시에 퇴근하잖아."

"어차피 나도 코타리가 야근한 분량에 대한 검사를 내일 해야 해."

이윽고 주문했던 맥주가 나왔다. 둘은 건배를 하고 목을 축였다.

"그런데 참 용감하기도 해. 나 같은 여자와 식사를 하는데 고작 돈가츠 가게를 고르다니."

"네가 이 가게를 골랐잖아."

"이 부근에서 고르라고 하면 돈가츠 가게밖에 없잖아. 처음부터 선택지가 없었어."

"우리 둘 다 월급이 얼마 안 되니까 어쩔 수 없지."

"다음에는 롯폰기에 있는 식당에서 먹고 싶은데…"

"다음 달 보너스를 기다려줘."

"설마 낚인 물고기에게는 먹이를 주지 않아도 된다고 생각하는 건 아니겠지?"

"누가 낚였는지 따지는 것이 먼저 아닐까?"

"뭐야, 그런 말하기 있어?"

사호리는 입술을 삐죽 내밀었다. 별것 아닌 행동이었지만 코타리는 그것을 보는 것만으로도 행복했다.

"행복한 표정이네."

갑자기 사호리가 그렇게 지적하자 코타리는 마음을 들킨 것 같아서 당황스러웠다. 자신도 모르게 입을 벌리고 웃고 있었던 것 같았다. 분명 얼빠진 표정을 짓고 있었을 것이다.

"솔직히 말하면, 지금 무척 마음이 편안해. 이렇게 누군가와 마음 편히 돈가츠를 먹는 것만으로도 정말 행복한 것 같아."

"뜬금없이 무슨 소리를 하는 거야?"

"지금도 가슴이 찢어지는 심정으로 실종된 가족이 돌아오기를 기다리는 사람들은 어떤 것을 먹어도 맛있지 않을 테니까."

"무슨 소리야?"

코타리가 역 앞에서 전단지를 나눠주던 부부 이야기

를 해주자 사호리도 약간 표정이 어두워졌다.

"흐음, 경찰이 수사를 해주지 않았구나."

"실종만으로는 안 되고, 시신이 발견되어야 한대."

점심시간에 야구치가 했던 말을 들려주자, 사호리는 노골적으로 인상을 찌푸렸다.

"저기 말이야, 돈가츠 가게에서 그런 이야기 하지 마. 넌 생각이 부족한 거야, 아니면 일부러 그러는 거야?"

"미안, 미안, 방금 한 말은 잊어줘."

"무서운 광경이 떠올라서 쉽게 못 잊었어."

그런 최악의 타이밍에 주문했던 요리가 나왔다.

"특상 로스카츠 정식 2인분 나왔습니다."

조금 전까지 불평했던 사호리가 바로 태도를 바꾸어 젓가락을 들었다.

"잘 먹겠습니다."

"벌써 다 잊은 거야…?"

"인간은 3대 욕구를 이길 수 없어."

황당했지만 코타리도 배가 고팠기 때문에 젓가락을 들고 돈가츠를 집었다.

잠시 직장 이야기나 요즘 유행하는 영화, 자주 가는 인터넷 사이트 같은 무난한 이야기를 하며 식사했다.

코타리는 특별한 자극이 없는 평화로운 시간이 좋았다. 아침부터 점심때까지 불길한 생각으로 머리가 꽉 차 있었기 때문에 더욱 그렇게 느끼는 것인지도 몰랐다.

마치 온천에 앉아 있는 것처럼 마음이 풀어졌다.

히가시라 부부가 불쌍하긴 했지만 어차피 남 일이었다. 그들의 딸도 곧 별 탈 없이 돌아올 것이다.

카마타의 주택가에서 여성의 시신이 발견된 일도 결국 남 일이었다. 경찰이 열심히 수사를 해서 나머지 부위나 범인도 곧 찾아낼 것이다.

맥주잔을 반쯤 비웠을 때는 벌써 약간 취기가 돌았다. 이렇게 빨리 취하는 자신이 참 대단하다고 느껴졌다.

정신이 몽롱해지자 주위 사람들의 웃음소리나 떠드는 소리가 더 크게 들려왔다.

그런데 어떤 말에 갑자기 술이 확 깼다.

"또 새로운 시신이 발견되었대."

'새로운 시신이라고?'

코타리를 귀를 쫑긋했다.

"뭐, 정말이야? 처음 듣는데?"

"조금 전에 인터넷에 올라왔어. 검색해봐."

"얼마 전에 카마타에서 하복부가 발견됐잖아. 그거 후속 보도야?"

"그것까진 잘 모르겠어. 같은 사람인지도 아직 모른대."

"새로운 시신은 어디서 발견되었는데?"

"오오이후토에 있는 간척지래."

"그럼 이 근처잖아. 무섭네."

코타리는 곧바로 스마트폰을 꺼내 뉴스를 검색했다.

해당 뉴스는 메인에 떠 있었다.

'20일 오후 도쿄 시나가와구 오오이후토에 있는 간척지에서 여성으로 추측되는 시신의 일부가 발견되었다. 대퇴부 밑 하반신을 쓰레기장에서 발견했다는 신고가 들어와 도쿄 해안경찰서는 이를 수거하였고, 연령을 알 수 없는 여성 신체의 일부라는 사실을 확인했다. 현재 경찰은 시신의 신원을 파악하기 위해 최선을 다해 수사하고 있으며, 5월에 오오타구 카마타에서 발생한 시신유기 사건과의 연관성도 수사 중이다.'

다른 부위가 발견되었다.

하지만 아직 동일 인물의 시신인지 알 수 없었다.

기사 내용이 자꾸 코타리의 머릿속을 맴돌았다.

"코타리?"

사호리의 말에 코타리는 퍼뜩 정신을 차렸다.

"식사 중에 스마트폰을 보는 것도 예의가 아니지만 데이트 상대가 앞에 있는데 멍한 채로 무슨 생각을 그렇게 해?"

"미안."

"오늘은 사과만 하네. 정말 반성은 하고 있어?"

사호리의 항의에 할 말이 없었지만 한 귀로 듣고 한 귀로 흘렸다. 기사대로라면 얼마 전 사건과 관계없는 사건일 수도 있었다. 하지만 코타리는 도저히 그렇게 생각할 수 없었다.

4

다음날 오오이후토 시신유기 사건의 후속 보도가 나왔다.

발견된 두 다리는 심하게 부패되어 처음에는 여성인지조차 알 수 없었다고 했다. 기사에는 자세히 묘사되어 있지 않았지만 성별 구분조차 힘들 정도로 끔찍한 사건이라는 의미로 해석할 수 있었다.

또한, DNA 검사 결과, 카마타의 주택가에서 발견된 시신과는 다른 사람으로 밝혀졌다. 다만, 별개의 사건으로 취급하지 않고 경찰청이 직접 특별수사본부를 설치했다.

인터넷 뉴스를 통해 드러난 사실을 간추려 보면, 경찰은 두 사건의 피해자가 다르지만 별개의 사건으로 보지 않고 연쇄살인사건으로 판단한 듯했다. 그 이유가 공개되어 있지는 않았지만 어쩌면 경찰은 어떤 공통점을 찾았을 수도 있었다.

연쇄 토막살인 사건은 세간의 이목을 끌기에 충분했다. 단순히 시신을 훼손한 사건만 발생해도 충분히 엽기적인데 그것이 연쇄적으로 발생하자, 다들 범인이 누구인지, 그리고 범인의 정신 상태가 어떠한지에 대해 흥미를 가지게 되었다. 특별수사본부가 설치되었다는 뉴스가 나온 후에는 벌써 무책임한 추측성 보도와 마녀사냥이 횡행하기 시작했다. 엽기적인 사건은 그에 따라 파생되는 소문이나 유언비어도 인상을 찌푸리게 만들었다.

코타리는 매일 밤 옆방에서 들리는 소리 때문에 인터넷으로 정보를 모으는 데 혈안이었다. 야구치는 그냥 기분 탓이라고 말했지만 코타리는 수긍할 수 없었다. 코타리는 연쇄 토막살인 사건에 대한 정보를 모으면 모을수록 쉬하오란이 범인인 것 같았다.

공장에서도 점심을 먹는 시간이 아까워 서둘러 식사한 후 정보를 모았다. 조금이라도 최신 뉴스를 찾기 위해 핸드폰을 붙들고 있었다.

점심시간이 되자, 어제 코타리와 야구치가 이야기를 나누었던 곳에 쉬하오란이 서 있었다. 그뿐만이 아니었다. 쉬하오란은 어제 코타리가 쓰레기통에 버렸던 전단지를 손에 쥔 채 쳐다보고 있었다. 어제처럼 무표정해서 감정을 전혀 읽을 수 없었다. 그가 일본어를 얼마나 알고 있을지 알 수 없었다. 공장 작업은 복잡하지 않고 작업반장이 알려주는 주의사항만 지키면 문제될 것이 없었다. 따라서 쉬하오란이 전단지에 적혀 있는 히가시라 부부의 호소를 어느 정도 이해하고 있는지 는 알 수 없었다.

하지만 전단지에는 히가시라 유노의 사진이 있었다. 그것만으로도 쉬하오란은 충분한 정보를 얻지 않았을 까.

이윽고 쉬하오란은 전단지를 구겨서 다시 쓰레기통 에 넣었다. 그러고 나서 코타리 쪽으로 고개를 돌리는 바람에 코타리는 서둘러 건물 뒤로 숨었다.

다행히 쉬하오란은 코타리가 있는 쪽과 반대쪽으로 갔다. 코타리는 안도했지만 심장은 요동쳤다.

점차 공포가 몰려왔다.

쉬하오란이 어제 코타리를 보지 못한 줄로 알았는데, 사실은 눈치챘던 것일까. 혹시 쉬하오란은 전단지 내 용이 아니라 코타리가 무엇을 읽었는지 궁금했던 것이 아닐까. 관심 없는 척하면서 코타리의 행동을 감시하 고 있는 것이 아닐까. 어쩌면 기숙사에서 얇은 벽 너머 로 숨을 죽인 채 코타리를 감시했을지도 몰랐다.

정오가 지난 시간이라 그늘 밑도 더웠지만, 코타리는 다시 등골이 서늘해졌다.

코타리는 업무가 끝난 후 바로 기숙사에 귀가해 쉬하오란이 돌아오는 것을 기다릴지 아니면 그가 아예 잠을 잘 때까지 기다렸다가 귀가할지 계속 고민했다.

결국 일찍 귀가해서 술을 잔뜩 마신 뒤 잠을 청하기로 했다. 코타리는 술이 맛있어서 먹은 적은 한 번도 없었지만, 수면제라고 생각하면 억지로라도 마실 수 있었다.

문을 잠그고 현관에 달린 체인을 걸어두면 쉬하오란이 쉽게 침입하지 못할 것이다. 악몽만 꾸지 않으면 괜찮을 것 같았다.

편의점에 들러 소주를 사 기숙사에 들어갔다. 옆방에 불이 꺼져 있는 것을 보니, 아마도 쉬하오란이 집에 돌아오지 않은 모양이었다.

서둘러 샤워를 하려고 보일러의 온수 버튼을 누르려는 순간, 인터폰이 울렸다.

온몸이 긴장되지 않을 수 없었다.

'설마 쉬하오란이 돌아왔나?'

구식 인터폰이라 방문자와 대화만 가능하고 얼굴을 확인할 수는 없었다. 그렇다고 섣불리 문쪽으로 다가 갈 수도 없었다.

코타리가 주저하는 사이에도 인터폰은 계속 울렸다. 인터폰이 6번 정도 울렸을 때 겨우 마음을 다잡고 통화 버튼을 눌렀다.

"누구세요?"

"경찰입니다."

차분한 목소리였다. 쉬하오란이 아니라 다행이었지만 의외의 방문자가 나타나 당황스러웠다.

"무슨 일이시죠?"

"최근에 일어난 사건 때문에 탐문 수사 중입니다. 수사에 협조해주실 수 있으신가요?"

'최근에 일어난 사건'이라는 말에 바로 연쇄 토막살인 사건이 떠올랐다. 코타리는 경찰관의 탐문을 거절할 담력이 없었다.

"잠시만 기다려주세요."

문을 열자 남자 한 명이 혼자 서 있었다. 키가 크고 다부져서 마치 영화배우 같았다.

"경찰청 형사부 수사1과의 쿠도라고 합니다."

쿠도는 경찰 신분증을 보여주며 말했다. 목소리가 중저음이다 보니, 그런 목소리로 심문을 당하면 위축될 것 같은 기분이 들었다.

"불편하시겠지만 수사에 협조 부탁드립니다."

"혹시 그 연쇄 토막살인 사건 때문인가요?"

"그렇습니다. 잘 아시는군요?"

말은 그렇게 했지만, 어떻게 알고 있냐는 의아함이 얼굴에 묻어났다.

"그야 그 사건에 대한 뉴스가 계속 나오고 있고, 오오타쿠 주변에서 일어난 사건이잖아요."

"그런데 방금 '연쇄'라고 하셨죠? 두 사건에 무언가 공통점이라도 있다는 걸 알고 계신 건가요?"

코타리의 말에서 꼬투리를 잡으려는 것 같았다.

"경찰청에서 오셨다면서요? 두 사건이 연쇄적으로 발생했다고 판단했으니까 관할 경찰서가 아닌 경찰청에서 나오신 거겠죠."

"그렇게 판단하시는 것은 무리가 있는 추측이지만, 일단 넘어가죠. 네, 아무튼 저희는 두 사건에 대해 수사하고 있습니다. 하지만 현재로서는 두 사건이 '연쇄' 사건인지 아닌지 아직 판단하기 이릅니다. 그 판단 여부 또한 수사 중입니다."

쿠도는 결코 속내를 보여주려고 하지 않았다. 오히려 코타리를 떠보려는 것 같았다.

"오늘 방문 드린 이유는 최근 이 여성들을 보신 적이 있으신지 확인하기 위해서입니다."

쿠도는 사진 세 장을 꺼냈다. 20대에서 30대로 보이는 여성들 사진이었다. 그 중 한 명은 틀림없는 히가시라 유노였다.

코타리는 심장이 떨렸다.

"저기, 형사님."

"쿠도라고 부르셔도 됩니다."

"가급적이면 현관이 아니라 들어오셔서 이야기할 수 있을까요? 가능한 한 작은 목소리로 이야기하고 싶습니다."

"들여보내주신다면 저야 감사하죠."

쿠도는 눈치가 빠른 것인지 곧바로 목소리를 낮추었다.

"조용히 이야기해야 하는 이유가 있나요?"

"들어가서 설명해 드리겠습니다. 이 기숙사는 벽이 얇아 방음이 전혀 되지 않으니까요."

기숙사는 좁은 원룸이었지만 코타리가 물건을 거의 들여놓지 않아 손님 1명 정도를 맞이할 공간은 있었다.

코타리는 쿠도와 탁자 하나를 사이에 두고 자리에 앉았다. 쿠도의 키가 더 컸지만 앉은키는 비슷했다.

코타리는 마음을 진정시킨 다음 다시 사진들을 보았다. 히가시라 유노 외에는 처음 보는 얼굴이지만 이 두 사람이 토막 살인사건의 피해자임을 쉽게 추측할 수 있었다.

"이 사람은 히가시라 유노 씨로군요. 역 앞에서 그녀의 부모님이 전단지를 나눠주고 있었습니다."

"그렇다고 들었습니다. 저희도 그 전단지를 확인했습니다."

"나머지 두 명은 혹시 토막 살인사건의 피해자인가요?"

"말씀드리기 힘듭니다."

"뉴스에 아직 이름이 나오지 않았더군요."

"아직 언론에 알리기는 시기상조입니다. 두 사건에 대해 얼마나 알고 계십니까?"

쿠도는 절대로 자신이 갖고 있는 정보를 내주려고 하

지 않았다.

"처음 카마타 주택가에서 여성의 하복부가 발견되었고, 최근 오오이후토에 있는 간척지에서도 여성의 두 다리가 발견되었죠? 하지만 이 두 시신은 서로 다른 사람이라고 하더군요."

"네, DNA검사 결과를 얻었습니다."

"그런데 이렇게 사진이 있다는 사실은 신원을 파악했다는 뜻인가요?"

"참 특이한 분이시군요?" 쿠도는 코타리를 쳐다보며 말했다. "질문을 해야 할 사람은 접니다."

"아, 죄송합니다."

"처음 질문으로 돌아가죠. 이 사진 속 여성들을 아십니까?"

"모릅니다."

"호오, 그런 것치고는 꽤 유심히 보시던데요?"

"그럴 만한 사정이 있습니다."

"작은 목소리로 이야기해야 한다는 사정 말씀이겠군요. 그럼 어디 한번 들어보죠."

코타리는 5월 중순과 최근 며칠간 '쉬하오란'이라는 중국인이 사는 옆방에서 수상한 소리가 났다는 사실과 그 소리가 마치 시체를 분리하는 소리 같았다는 이야기를 했다.

코타리는 쿠도가 그 이야기를 듣고 적극적인 질문 공세를 펼칠 줄 알았지만, 실제 그의 반응은 시큰둥했다.

"그것은 어디까지나 코타리 씨 생각이죠."

쿠도의 평가는 냉정했다.

"혹여 옆방에 이 사진 속 여성이 출입하는 것을 보셨다면 몰라도, 그렇지 않다면 그냥 상상에 지나지 않습니다."

"하지만 쉬하오란 씨의 행동은 분명 이상했습니다."

"코타리 씨는 혹시 중국인에 대한 편견을 가지고 계신지요?"

"전혀 없습니다. 공장에서 하루 종일 여러 외국인 노동자들과 함께 위험한 기계를 다루며 일하고 있는데 편견이 있을 리 없죠."

"위험한 일을 하는 가혹한 노동 조건 때문에 정신이 피폐해지면 피해망상에 빠지기 쉽습니다."

"아닙니다, 전혀 아닙니다. 그 사람은 눈빛도 수상했고…."

"눈빛이 수상했다거나 행동이 이상했다거나 그런 것

들은 전부 코타리 씨의 생각일 뿐입니다."

답답해진 코타리는 화제를 바꾸었다."이 두 사람은
피해자가 맞나요?"

쿠도는 잠시 생각하는 듯하더니 입을 열었다.

"흠, 물론 앞으로 곧 공개될 정보이긴 합니다만 그렇
다고 지금 제 입으로 그걸 알려드릴 수는 없습니다."

"하지만 사진까지 준비했다면 확정된 거잖아요. 아까
DNA검사 이야기도 하셨죠. 시신을 회수하셨다면 검
사도 하셨을 것 아닙니까?"

"질문을 해야 할 사람은 저라고 말씀드렸을 텐데요."

쿠도가 언성을 살짝 높였다.

"5월에 처음 시신이 발견되었는데, 3개월이나 가족들
로부터 신고가 없었던 건가요?"

"자녀가 취업해서 분가한 경우에는 3개월 동안 자녀
가 연락하지 않아도 신경 쓰지 않는 부모님들이 많습
니다."

코타리는 그제야 상황을 이해했다. 3개월이 지난 후
에 가족들이 실종으로 신고를 한 것이다. 그리고 실종
자의 소지품과 시신의 DNA로 신원을 파악했을 것이
고, 아마도 다른 시신도 마찬가지였을 것이다.

"아직 세 번째 시신이 발견되지 않았죠. 하지만 경찰은 히가시라 유노 씨를 다음 희생자라고 생각하고 있는 것인가요?"

"그렇게 단정하지 마세요. 비슷한 나이대의 여성이고, 같은 오오타구의 실종자라는 이유로 확인하고 있을 뿐입니다."

쿠도는 곧바로 부정했지만 너무 뻔한 변명이었다. 히가시라 유노가 단순히 실종자여서 토막 살인사건의 피해자일 수도 있다고 생각했다면, 히가시라 유노뿐만 아니라 오오타구의 다른 실종자 사진도 보여주었을 것이다.

"쉬하오란 씨가 히가시라 부부가 나눠준 전단지를 열심히 읽어보고 있었습니다."

"당신이 쓰레기통에 버린 전단지를 일부러 다시 주워서 읽어보았다는 건가요?"

"네."

"하지만 전날 당신이 그 전단지를 버리는 것을 보았을지도 모르잖습니까. 그렇게 생각하면 쉬하오란 씨는 그저 당신이 무엇을 보았는지 궁금했을 수도 있죠."

코타리도 그 가능성을 생각하지 않은 것은 아니지만,

새삼 쿠도의 입으로 그 가능성을 들으니 무서워졌다.

쿠도는 그 말을 마치고 자리에서 일어났다.

"여러 가지로 참고가 되었습니다. 협력해 주셔서 감사합니다."

"쉬하오란 씨를 조사해주실 건가요?"

"현재로서는 그럴 필요성이 없을 것 같습니다."

쿠도는 냉정하게 말했다. 코타리도 자리에서 일어났지만 쿠도와의 키 차이에 위축되어 뚜렷한 반박을 하지 못했다.

"경찰관으로서 충분한 휴식을 취할 것을 권합니다. 고민을 많이 하셔서 신경쇠약이 오면 대개 좋지 않은 상상을 하게 됩니다."

"전부 제 망상이라는 건가요?"

"증거가 없으면 전부 상상입니다. 그리고 생각하신 것을 상상으로 끝내지 않으면 불필요한 문제를 일으킬 수도 있습니다."

마지막 말은 경고처럼 느껴졌다.

"제대로 된 목격담이나 시신 일부를 발견하셨다면 저에게 연락해주세요."

쿠도는 그렇게 말하며 명함을 내밀었다.

"정보는 많으면 많을수록 좋습니다. 다만, 상상이나 지레짐작은 삼가해 주세요. 그럼 이만."

쿠도는 말을 마치고 바로 기숙사를 나갔다.

코타리는 그가 준 명함을 쳐다보았다. 쿠도는 새로운 정보가 있으면 연락을 달라고 했지만, 코타리는 쉽사리 그럴 수 없었다. 사실은 애초에 그가 경찰을 기숙사 안으로 부른 것도 큰 용기를 낸 것이다.

코타리는 조금 전 대화를 되짚어보았다. 딱히 코타리에게 불리한 점이나 코타리를 의심할 만한 내용은 없었다.

쿠도는 시종일관 공손한 태도를 유지했지만 그것은 코타리의 정체를 몰랐기 때문일 것이다. 만약 그것을 알고 있었다면 더 고압적인 태도로 이야기했을 것이다.

코타리는 온몸이 떨렸다. 수사 과정에서 경찰관에게 거친 말로 인권을 유린당한 기억이 되살아났다. 용의자가 되면 경찰은 태도를 확 바꾸어 버리고, 용의자도 아닌 아예 범인으로 취급해 버린다.

코타리는 경찰의 눈빛만 봐도 알 수 있었다. 쿠도도 언젠가 코타리의 과거를 알게 될지 모른다. 그렇게 되면 조금 전에 보여주었던 태도는 180도 바뀔 것이다.

코타리는 용의자로서 형사에게 시달린 과거가 있었
다.

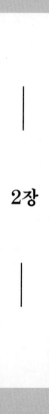

2장

1

형사와 만나는 것을 좋아하는 사람은 거의 없을 것이다. 형사가 등장하는 드라마의 시청률이 높다고 해도 누구나 실제로 형사를 만나고 싶지는 않은 법이다.

쿠도가 나간 후 코타리는 샤워를 한 다음 잠자리에 누웠다.

'쿠도'라는 형사는 방심할 수 없는 상대 같았다. 과거에 코타리가 수사를 받았을 때 형사는 상냥해 보이는 인상이었지만 가차 없이 수사를 했었다. 쿠도라면 그보다 더 가혹하게 수사를 할 것 같았다.

쿠도와 대화한 지 몇 시간이 지나, 이제는 이미 날짜가 바뀌고 새벽 1시가 넘었다. 쿠도는 어쩌면 경찰서에 복귀하여 코타리의 과거를 조사하고 있을지도 모른다.

코타리는 그 가능성을 머릿속에서 지웠다. 쿠도가 과거의 그 사건을 알 리 없고, 코타리를 의심하는 것 같지도 않았으며, 딱히 의심 받을 만한 상황도 아니었다.

하지만 불안감은 점점 커졌다.

더 이상 경찰과 얽히고 싶지 않았다.

살해된 두 여성이 불쌍했지만 어차피 남 일이었다. 모처럼 손에 넣은 평온한 일상을 쓸데없는 참견이나 호기심으로 잃을 수 없었다.

코타리는 과거를 떠올렸다. 비록 자신의 잘못이었지만 오랜 시간 신체의 자유를 빼앗겼던 나날들이 머릿속에 펼쳐졌다. 코타리는 이렇게 편안하게 누워 있는 지금도 그때 느꼈던 압박감과 딱딱한 바닥이 이따금 생각났다. 다시 그런 생활로 돌아갈 수는 없었다.

누워서 곰곰이 생각해 보니, 코타리가 의심하고 있는 쉬하오란도 불쌍하게 느껴졌다. 여름이라서 식재료가 상하기 쉬운데 냉장고가 작아 채소나 수박을 작게 잘라 욕실에 넣어놨을 수도 있었다. 귀신인 줄 알았는데 그냥 흰 꽃이었다던 이야기가 떠올랐다. 야구치에게 이야기했던 것도 부끄럽게 느껴졌다.

이제 눈을 감고 꿈속으로 들어가려던 순간이었다.

또다시 옆방에서 소리가 들려왔다.

부스럭, 부스럭.

부스럭, 부스럭.

채소나 수박을 자르는 소리가 아니라 무언가를 봉투에 넣는 소리였다.

이삿짐을 싸는 것은 아닌 것 같았다. 기능실습생 기간이 끝나기에는 어중간한 시기였기 때문이다. 혹시 고향에 보낼 선물을 싸는 걸까.

'안 돼.'

방금 의심하지 않고 관여하지 않겠다고 다짐했는데, 다시 의심하고 있었다.

부스럭, 부스럭.

부스럭, 부스럭.

그때처럼 벽을 치며 항의해볼까도 생각해 봤지만 지금은 그때와 같은 용기가 없었다. 오히려 쉬하오란이 앙심을 품지 않을까 걱정되었다.

쉬하오란은 왜소했지만 그렇다고 힘이 없으리라는 보장은 없었다. 며칠 전 우연히 웃옷을 벗고 있는 것을 목격했는데 의외로 근육질이었다. 움직임도 날렵해서 코타리 따위는 순식간에 제압할 것이다.

부스럭, 부스럭.

부스럭, 부스럭.

젠장, 또다시 잘 타이밍을 놓쳤다. 이대로는 아침까지 눈을 붙이지 못할 것이다.

이불을 뒤집어써도 효과가 없었다. 앞이 어두컴컴해

지니 오히려 소리에 신경이 집중되어 더 잘 들렸다.

얼마 후, 이윽고 소리가 들리지 않았다. 작업이 끝난 모양이었다.

드디어 끝났다고 안도할 틈도 없이 이번에는 다른 소리가 들려왔다.

꾸욱, 꾸욱.

무언가를 집어넣는 소리였다. 그러고 나서 옷 입는 소리가 들려왔다.

코타리는 더 이상 가만히 있을 수 없어 이불을 걷어차고 조용히 일어났다. 저쪽 소리가 잘 들리는 것처럼 이쪽 소리도 저쪽에 잘 들리기 때문에 더욱 조심했다.

옆방에서는 옷 입는 소리가 계속 이어졌다. 잠옷으로 갈아입는 걸까. 아닐 것이다. 잘 생각이었다면 더 일찍 갈아입었을 것이다.

코타리는 조용히 걸어가 싱크대에 있는 컵을 가져와 벽에 대었다. 그리고 숨을 죽이고 귀에 신경을 집중했다.

옷 입는 소리가 끝나자 '딸깍' 하는 금속 소리가 났다. 자물쇠를 잠그는 소리였다. 외출하려는 것 같았다.

무언가를 포장해 외출한다면 그것을 운반하기 위함

일 것이다. 그렇다면 그것을 어디로 운반하려는 걸까.

이런 밤중에 쓰레기를 버리려는 걸까. 쓰레기라면 출근하면서 버릴 수 있고, 밤에 쓰레기를 버리는데 잠옷을 입었다고 비난할 사람도 없었다.

이런저런 생각을 하다 보니, 조금 전에 한 결심은 어느새 마음속에서 사라져 버렸다. 이대로는 신경이 쓰여서 잠을 잘 수 없었다.

결국 코타리도 조용히 외출복으로 갈아입었다. 가능한 한 소리가 나지 않도록 운동복을 입기로 했다. 신발도 운동화로 신었다.

그때 옆방 문이 열렸다. 발소리가 멀어져 갔다.

캉캉캉캉.

계단을 내려가는 발소리가 들리자, 코타리는 조용히 문을 열었다. 달빛은 없었지만 기숙사 복도로 들어온 가로등이나 네온사인 불빛으로 쉬하오란의 뒷모습이 살짝 보였다.

코타리는 마치 도둑이 된 기분으로 발소리를 죽이며 계단을 내려갔다. 계단 밑에서 쉬하오란이 기다리고 있을지도 모른다는 최악의 가능성도 고려했지만 다행히 그런 일은 없었다.

그리고 얼마 후 어둠 속에서 쉬하오란을 찾았다. 그는 티셔츠에 반바지 차림이었고, 오른손에는 스포츠 가방을 들고 있었다.

쉬하오란은 뒤도 돌아보지 않은 채 일직선으로 걸어 나갔다. 지금 시간에는 지하철이 다니지 않는다. 그에게는 자전거가 없는 듯하니, 운반할 것이 있다면 걸어서 운반할 수밖에 없을 것이다.

쉬하오란은 공장 지대로 걸어갔다. '니시무라 정밀'은 조그만 공장들이 늘어선 구역에 있었다. 공장지대 반대쪽에는 오래된 주택가가 있었고, 그 너머에 작은 번화가가 존재했다.

쉬하오란의 목적지가 '니시무라 정밀'인지 아닌지는 전혀 예상할 수 없었다. 이 시간대에는 대로변에도 행인이 많지 않았다. 번화가가 근처에 있어 치안도 좋지 않았다. 코타리가 미행하면서 마주친 사람들은 대체로 취객이나 노숙자들이었다.

쉬하오란은 명확한 목적지가 있는지 거침없이 걸어나갔다. 코타리는 10미터 정도 뒤에서 그를 미행하고 있었는데, 언제 그가 뒤를 돌아볼지 몰라 주위에 몸을 숨길 장소를 확인하며 걸어야 했다. 그러다 보니 걸음이 느려져 여러 차례 쉬하오란을 놓칠 뻔했다.

낮이 아니라 바람이 가끔 불었지만, 아직도 아스팔트에는 낮의 열기가 남아 있었다. 5분밖에 걷지 않았는데도 벌써 목에서 땀이 났다. 방향으로 보아 정말로 '니시무라 정밀'로 향하는 것 같았다. 목적지가 '니시무라 정밀'이라면 쉬하오란도 길을 잘 알고 있을 테니, 무언가를 버리려 할 때 길을 헤맬 필요 없이 거침없이 나갈 수 있을 것이다. 코타리 역시 숨어서 미행하기가 쉬웠다.

이윽고 '니시무라 정밀'이 보이기 시작했다. 하지만 쉬하오란은 공장 입구를 지나쳐 오른쪽으로 방향을 틀었다. 그대로 직진하면 공장 뒤편이 나온다. 어쩌면 공장 뒤편에 있는 쓰레기장에 가려는 걸까.

하지만 쉬하오란은 그대로 공장 뒤편도 지나쳤다.

'대체 어디로 가려는 거지?'

여전히 쉬하오란은 거침없이 걸어나갔다. 그는 처음부터 다른 곳으로 향하고 있던 것이다. 코타리는 심장이 요동치는 것이 느껴졌다. 쉬하오란의 예상 밖 행동과 어두운 심야 시간대라는 점이 코타리의 마음을 압박했다.

공장 지대에 들어서자, 이상한 냄새가 났다. 코타리는 이미 이 냄새에 익숙해졌지만 처음 이 곳을 방문하는 사람이라면 얼굴을 찡그리는 냄새였다. 이 냄새는 철과 기름, 그리고 그 둘이 산화 반응을 할 때 나오는 냄새가 섞인 냄새로 공장지대 안쪽으로 들어갈수록 강하게 났다.

쉬하오란은 계속 앞으로 나아갔다. 실은 코타리도 이 길을 자주 다녔다. 이 길은 대로변 안쪽의 뒷골목으로 노동자들이 자주 찾는 음식점이 많아 '니시무라 정밀' 직원들도 자주 다녔다.

쉬하오란이 공장을 여덟 동 정도 지나쳤을 때였다.

드디어 그는 발걸음을 멈추었다. 어둠 속에서 희미하게 보이는 지붕 모양으로 '론도 베어링'이라는 공장임을 알아볼 수 있었다.

쉬하오란은 두리번거리며 주위를 살폈지만 다행히 뒤를 돌아보지는 않았다. 그는 주위에 행인이 없는 것을 확인하고 '론도 베어링' 뒤편으로 걸어갔다.

'론도 베어링'은 1950년대에 창업한 영세한 베어링 공장이었다.

그 공장의 뒤편에는 산업폐기물 저장공간이 있었다.

이곳에 가까워지면서 공장지대 특유의 냄새가 한층 강해지는 원인이 바로 그 저장공간이었다.

쉬하오란은 잠시 멈춰 손에 든 가방을 어깨에 메더니, 철조망을 오르기 시작했다. 왜소한 몸집 덕분인지 가볍게 휙 올라 순식간에 철조망을 뛰어넘었다.

철조망 반대편으로 내려온 쉬하오란은 폐기물통으로 다가가 뚜껑을 열었다. 그러더니 가지고 온 가방에서 흰 봉투를 꺼내 폐기물통 안에 넣었다. 하지만 봉투 안에 공기가 찼기 때문인지, 봉투를 넣고 나니 폐기물통은 쉽게 닫히지 않았다. 쉬하오란이 여러 차례 폐기물통 뚜껑을 눌러보았지만 바로 솟아올랐다.

잠시 후, 쉬하오란은 뚜껑 꽉 닫는 것을 포기했는지 고개를 절레절레 저으며 대충 뚜껑을 닫았다. 그리고 빈 가방을 멘 다음 뒤로 돌아섰다.

코타리는 허둥대며 그림자 속에 몸을 숨겼다.

주위가 어두워 코타리는 쉬하오란의 표정을 보지 못했지만 그의 침착한 발걸음을 보아 정말 쓰레기를 버리러 온 것 같았다. 그는 어려움 없이 다시 철조망을 올라 코타리 쪽으로 넘어왔고 왔던 길을 되돌아가기 시작했다. 아마도 기숙사에 돌아갈 생각인 듯했다.

코타리로서는 쉬하오란이 기숙사로 돌아가는지 여부를 확인하는 것은 의미가 없었다. 그것보다는 조금 전 그가 버린 흰 봉투 속에 무엇이 있는지가 중요했다.

코타리는 시야에서 쉬하오란의 모습이 완전히 사라진 다음이 되어서야 행동을 개시했다. 그도 쉬하오란과 마찬가지로 철조망을 넘어가서 폐기물통 안을 확인하려고 했다. 하지만 코타리는 쉬하오란보다 운동신경이 좋지 않았다. 생각만큼 철조망 위를 오를 수 없었다.

겨우 철조망을 올랐을 때에는 온몸이 땀범벅이었다. 반대편으로 뛰어내려 착지할 때에는 엉덩방아를 찧기도 했다.

어쨌든 폐기물통에 다가가자 악취가 진동했다. 옆에 있는 것만으로도 냄새가 몸에 밸 것 같았다.

코타리는 코를 찌르는 악취를 참으며 겨우겨우 폐기물통으로 다가갔다. 쉬하오란처럼 주위에 사람이 없는지 확인한 다음 뚜껑에 손을 대었다. 철판 뚜껑이라 그런지 생각보다 무거워 뚜껑을 여는 것만으로도 팔이 아팠다.

그렇게 뚜껑이 열리자, 통 안에 갇혀 있던 악취가 순

식간에 코를 찔렀다.

통 안을 보니, 베어링을 절삭할 때 나오는 폐기물인 검은색 연삭 슬러지sludge 한가운데 떠 있는 무언가가 보였다. 쉬하오란이 버린 봉투가 틀림없었다.

코타리는 장갑이 없어 맨손으로 그것을 건져야 했다. 마음을 단단히 먹은 그는 폐기물통 속에 있는 그것에 손을 뻗었다.

손으로 더듬어 보니, 안에 물건을 넣은 다음 봉투 안에서 공기를 빼낸 진공 포장 봉투 같았다. 그래서 그 끝자락을 잡아서 들어올렸다. 무게가 상당해 한 손으로 들어 올릴 수 없어 양손으로 들어올렸다.

진공 봉투지만 빈틈없이 밀봉되어 있는 것은 아니었고, 군데군데 틈이 벌어져 있었다. 코타리는 손가락을 넣어 봉투를 뜯어보았다.

그런데 그 내용물은 보니 기가 막혔다. 정말로 코타리가 상상했던 그대로였던 것이다.

봉투 안에는 사람의 팔이 들어 있었다.

베어링 폐기물로 검게 더러워진 봉투 겉면과 대비되는 흰 피부가 눈에 들어왔다. 봉투 안에 있는 다섯 개의 손가락은 안으로 굽혀진 상태여서 마치 무언가를 잡으려는 것 같았다. 만져보니 감촉은 점토와 비슷했고, 눌러도 들어가기만 할 뿐 원래대로 돌아오지 않았다.

마네킹이 아닌 진짜 인간의 팔이었다.

코타리는 엉덩방아를 찧고 털썩 주저앉았다.

실제로 예상이 들어맞고 나니 마치 가위에 눌린 것 같은 공포를 느끼지 않을 수 없었다. 더위로 인한 땀이 아닌 식은땀이 줄줄 흘러나왔다. 사지가 떨리고 입 안이 바싹바싹 말랐다.

한밤중의 어둠 속에서도 시신이 지닌 섬뜩함은 엄청났다. 봉투에서 손가락이 보였을 때는 마치 다른 세계에 와 있는 것 같았다. 코타리는 공황상태에 빠졌다.

'이게 뭐야.'

만약 누가 이런 상황을 목격했다면 가장 먼저 코타리가 의심받을 것이다.

코타리는 다리에 힘이 풀려 마치 자기 몸이 아닌 것처럼 움직이기 힘들었지만, 어떻게든 힘을 주어 자리에서 일어났다. 섬뜩한 공포에 눈을 질끈 감고 봉투를 원래대로 밀봉하려 했다. 그리고 봉투를 들어 다시 폐기물통 안에 넣었다.

그러고 나서야 중대한 사실을 깨달았다.

지문.

시신의 팔이나 봉투에는 자신의 지문이 묻었다.

'안 돼. 큰일 날 일이야.'

봉투를 다시 건져내 입고 있던 운동복 소매로 지문이 묻었을 곳을 열심히 닦았다. 그러자 운동복 소매가 새까매졌다.

그 다음에는 운동복 소매로 봉투를 붙잡고 폐기물통 안에 다시 넣었다. 힘들게 뚜껑을 닫고 나서 손잡이에 묻었을 지문도 열심히 닦았다.

이제 기숙사로 돌아가기만 하면 되는데 다리가 풀려 제대로 걸을 수가 없었다.

'젠장, 움직이라고.'

스스로를 질타했다. 겨우 철조망까지 왔지만 다리에 힘이 풀려 쉽게 넘어갈 수 없었다.

'젠장.'

팔다리가 말을 듣지 않았다.

마치 악몽을 꾸는 것처럼 뇌의 명령이 제대로 전달되지 않았다. 그래도 열심히 팔다리를 움직여 어떻게든 기어올라 반대쪽으로 넘어왔다.

얼굴은 땀범벅이 되었지만, 어떻게든 빨리 도망쳐야 했다. 언제 누가 이곳을 지나칠지 모르기 때문이었다. 코타리는 왔던 길을 그대로 뛰어 공장지대를 벗어나 기숙사로 향했다.

1분 1초가 급했다.

빨리 기숙사 방으로 돌아가 쉬고 싶었다.

온몸에 들러붙은 기분 나쁜 땀을 씻어내고 나서 다 잊고 싶었다.

'달려야 해.'

점차 몸의 감각이 돌아오고 팔다리가 말을 듣기 시작했다.

'이건 악몽이야.'

그러면서 코타리는 이 일을 어떻게 처리해야 할지 생각했다. 달구어진 몸과 차가워진 머리, 그 온도차가 서로를 방해했다.

호기심은 고양이를 죽인다는 속담이 있는데, 괜한 호기심 때문에 고양이가 아니라 자신이 죽을 것 같았다. 발을 멈추면 누군가 뒤에서 자신을 노려보고 있을 것 같은 공포를 느꼈다.

모퉁이에서 왼쪽으로 방향을 틀자, 대로변이 나왔다.

이런 시간에도 차량은 다니고 있었다. 헤드라이트 불빛이 이렇게 반가울 줄 꿈에도 몰랐다.

크게 한숨을 내쉬자 몸에서 힘이 빠져나갔다. 여기까지 왔으면 이제 괜찮을 것 같았다. 최대한 지문을 지웠고 목격자도 없었으니 일단 위기는 벗어난 셈이다. 족적도 남지 않았을 것이다.

그래도 확실히 얻은 것이 있었다. 역시 쉬하오란이 연쇄살인범이라는 사실을 알아낸 것이다. 그가 유기한 팔이 바로 그 증거였다. 옆방에 사는 쉬하오란은 정말로 인간의 탈을 쓴 악마였던 것이다. 그것을 알아낸 것만으로도 미행하길 잘했다는 생각이 들었다.

하지만 앞으로 어떻게 해야 할지 알 수 없었다. 당연히 경찰에 신고해야겠지만 잘못하면 코타리도 수사를 받을 것이다. 애초에 한밤중에 공장 동료를 미행하는 것 자체가 수상하기 때문이었다. 하지만 이대로 가만히 있자니 시신은 공업용폐기물 수거업자가 가져갈 것이고, 그렇게 되면 쉬하오란의 범행은 영원히 묻힐 것이었다.

'어떻게 해야 하지?'

이런저런 생각을 하며 대로변으로 나오자, 곧바로 코

타리 앞에 누군가가 나타났다.

쉬하오란이었다.

코타리는 너무 놀라 그 자리에서 얼어붙고 말았다.

시간도 멈춘 것 같았다.

쉬하오란은 감정이 없는 표정으로 서서 코타리를 쳐다보고 있었다.

"안녕하세요?"

목소리마저 인간미가 느껴지지 않았다.

"아, 안녕…."

"왜 그러시죠?"

"아니, 그냥 놀라서…."

"옷이 더러워졌군요."

쉬하오란이 코타리의 옷을 가리키며 말했다. 그 손짓은 마치 코타리를 놀리는 것 같았다.

"넘어졌거든…."

어색한 거짓말을 했다. 아무리 당황스러운 상황이라고 해도 그 정도 거짓말밖에 지어내지 못하는 자신의 멍청함이 한심스러웠다.

어떻게든 빨리 그 자리를 벗어나야 했다. 이 녀석은 위험한 녀석임에 틀림없었다.

코타리는 조금씩 쉬하오란으로부터 뒷걸음질치기 시작했다.

"왜 이런 시간에?" '그건 내가 할 말이다.'

"편의점에 가려고 했어. 당신은 왜 나왔어?"

코타리는 그렇게 말한 후 실수했다는 사실을 깨달았다. 하필이면 가장 위험한 질문을 해버렸기 때문이다. 코타리는 갑자기 쉬하오란이 자신을 덮칠까 봐 긴장하지 않을 수 없었다.

"산책입니다."

쉬하오란은 태연하게 대답했다. 미리 대답을 준비해 둔 것 같았다.

"방이 너무 더워서요." '아, 그야 그렇겠지. 에어컨이 오래된 것이라 냉방이 잘 되지 않으니까. 시신을 두면 하루도 되지 않아 부패할 것이다.'

대화를 하면 할수록 상대방의 올가미에 걸리는 것 같았다. 절벽 끝에 서 있는 것 같은 공포심이 온몸을 감쌌다.

"그럼 이만."

코타리는 조금이라도 빨리 쉬하오란으로부터 멀어지고 싶었다. 하지만 달려가면 쫓아올 것 같아서 빠른

걸음으로 걸었다.

그때 뒤에서 목소리가 들렸다.

"같이 돌아가시죠."

심장이 멈추는 것 같았다.

"아니야. 옷을 빨리 빨고 싶어서 먼저 갈게."

코타리는 그렇게 말하고 발걸음을 재촉했다.

뛰어서 도망치고 싶었지만 부자연스럽게 보이면 안 될 것 같았다. 그저 빠른 걸음 정도로 보이게끔 도망쳤다.

뒤도 돌아보지 않고 걸었지만 당장이라도 쉬하오란이 어깨를 붙잡을 것 같아 조마조마했다. 몇 십 미터 정도 걸어간 다음 뒤를 돌아보니 그의 모습은 보이지 않았다.

'설마 앞에서 튀어나오지 않겠지?'

온 정신을 집중해서 주위를 경계했다.

하지만 더 이상 쉬하오란과 마주치지는 않았다.

2

결국 코타리는 새벽 3시가 되어서야 기숙사로 돌아왔다. 도저히 잠을 잘 수 없어서 거의 뜬눈으로 아침을 맞이했다.

그 때문에 출근할 때는 현기증까지 났다. 그래도 집에 혼자 있는 것은 너무 무서워 어떻게든 몸을 일으켜 출근을 하기로 했다.

"오늘은 더 피곤해 보이네?"

야구치가 코타리를 보자마자 말했다.

"또 잠을 못 자서 그래요…."

야구치에게는 쉬하오란의 수상한 행동에 대해 이미 이야기한 적이 있으므로 조용히 어젯밤 일어난 일을 설명했다.

"뭐? 쉬하오란이 '론도 베어링'에 있는 폐기물통에 시신을 버렸다고?"

코타리의 이야기를 들은 야구치가 큰 소리로 말했다.

"조, 조금 조심해주세요. 본인이 들으면 어떡해요."

"지금 그게 중요한 게 아니잖아. 만약 네가 정말 시신

유기현장을 목격했다면 바로 신고했어야지."

사실 야구치의 지적이 옳지만 코타리는 지금까지도 경찰에 신고하지 않았다. 혹여나 보복을 당할까 봐 두려웠기 때문이다.

코타리는 경찰의 수사 방식을 잘 알고 있다. 아무리 용의자가 수상해 보여도 먼저 증거를 확보한 다음 임의동행을 요구하고 일정한 심문 끝에 체포한다. 즉, 용의자를 실제로 체포하기까지는 꽤 시간이 걸린다.

그게 문제였다. 쉬하오란은 시신유기현장 부근에서 코타리를 만났기 때문에 만약 경찰이 움직이면 코타리가 제보자라는 것을 눈치챌 것이다. 그렇게 되면 코타리나 코타리의 주변 인물을 위협할 것이 분명했다.

물론 자신이 보복 당하는 것이 가장 두렵겠지만, 자신의 지인들까지 위험에 노출되는 것도 두려웠다. 다른 누구보다 사호리가 걱정이었다. 사귀는 사실이 공개되어 있지는 않지만 불안해서 견딜 수 없었다.

"혹시나 해서 묻는 건데 너 거짓말 하는 건 아니지? 술에 취해서 헛것을 봤다든가."

"쉬하오란이 '론도 베어링' 철조망을 넘어 폐기물통에 봉투를 넣는 걸 봤다니까요."

봉투 안까지 확인했다는 말은 차마 하지 못했다. 아무 생각 없이 시신의 팔을 만졌고, 허둥대며 그 지문을 지웠다는 사실을 말할 수는 없었다. 누가 들어도 수상하기 때문에 굳이 말해봤자 코타리만 의심받을 것이다.

"그런데…, 너, 봉투 안을 직접 눈으로 확인한 것도 아니면서 그 안에 있던 게 시신이라고 단정할 수 있어?"

"일부러 기숙사로부터 멀리 떨어진 곳까지 가서 공장 폐기물통 안에 봉투를 버렸잖아요. 일반쓰레기라면 그렇게 하지 않았겠죠."

"그럴듯한 말이긴 한데, 그게 그냥 너의 착각이면 어쩌려고 그래?"

"그래서 익명으로 신고하려는 거예요."

"그래, 그게 낫겠다. 점심시간에 바로 신고해."

코타리는 안 그래도 신고를 할 참이었다. 다만, 자신의 핸드폰으로 신고를 하면 발신자를 추적당할 수 있으니 근처 공중전화를 이용하기로 결심했다.

심신이 피폐해진 상태로 일을 하고 나니, 점심시간에

는 수마가 덮쳐왔다. 그때와 마찬가지였다. 그나마 야구치가 코타리의 몸 상태를 알고 있기 때문에 오전 근무 시간 내내 신경을 써주어 겨우 작업을 마칠 수 있었을 따름이었다.

"공중전화 있는 데까지 따라가 줄까?"

코타리는 야구치에게 고마움을 표한 후 그와 잡담하는 척하며 공중전화로 향했다. 쉬하오란이 자신이 공중전화를 하는 것을 보는 것도 경계해야 했다.

'니시무라 정밀'에서 가장 가까운 공중전화는 큰길쪽, 그것도 무슨 우연인지 '론도 베어링' 정면에 설치되어 있었다.

론도 베어링 공장에서는 시끄러운 기계음이 울려퍼지고 있었다. 공장장이나 직원들로서는 공장 안에 시신이 버려져 있을 줄은 꿈에도 모를 것이다. 그들이 그 사실을 알면 어떤 반응을 보일까.

"내가 주위를 살필게."

주위를 살피는 야구치를 뒤로 한 채 코타리는 공중전화박스 안으로 들어갔다. 안에서는 살인적인 열기가 느껴졌다. 공중전화박스는 아침부터 문이 닫힌 채 직사광선을 맞아 내부가 마치 온실과도 같았다.

코타리는 천천히 수화기를 들고 경찰서 전화번호를 눌렀다. 스스로 경찰에 신고하다니, 12시간 전에는 생각하지도 않은 경우의 수였다.

이윽고 여직원이 전화를 받았다.

"네, 경찰청입니다."

"제보하려고 전화를 했습니다."

"무슨 사건에 대해 제보하려고 하시는 건가요?"

"최근 카마타에서 일어난 연쇄토막 살인사건과 관련된 것입니다. 오늘 새벽에 범인으로 추측되는 남자를 목격했습니다."

"정확한 시간과 장소를 알려주세요."

말투가 확 바뀌었다.

"시간은 오늘 새벽 1시쯤이며, 장소는 '론도 베어링'이라는 공장 뒤편입니다."

"범인을 목격하셨다고요?"

"네. 공장 뒤편 철조망을 넘어가면 폐기물통, 그러니까 산업폐기물을 버리는 곳이 있는데, 거기에 시신의 일부 같은 것을 투기하는 것을 봤습니다. 빨리 수사해주세요. 내일 모레면 폐기물수거업자가 통 안에 있는 것들을 수거해 갈 것입니다."

"시신을 확인하셨나요?"

"아뇨, 하지만 틀림없습니다. 범인은 쉬하오란이라는 중국인으로 '니시무라 정밀'에 다니는 외국인 노동자입니다."

"그 인물을 잘 아시나요? 그렇다면 신고하시는 분의 이름을 알려주세요."

"죄송합니다. 그것은 알려드릴 수 없습니다. 하지만 맹세하건대 진짜입니다. 꼭 수사해주세요. 부탁드립니다."

코타리는 할 말만 하고 재빨리 전화를 끊었다. 범죄 신고라는 정당한 일을 했음에도 숨이 턱 막혔다. 아마도 과거 자신이 경찰서에서 겪은 고초 때문일 것이다.

"어땠어?"

"일단 접수는 해주었습니다. 이름을 묻길래 그냥 끊었습니다."

"반응은 어땠어?"

"진지했습니다. 적어도 장난 전화라고 생각하는 것 같지는 않았습니다."

"잘했어. 이제 정말로 폐기물통에서 시신이 나오면 쉬하오란은 틀림없이 용의자가 될 거야. 경찰이 수사를 시작해서 녀석의 지문이나 족적이 검출되면 바로 체포되겠지."

족적이라는 말에 뜨끔했다.

쉬하오란과 마찬가지로 코타리도 폐기물통에 다가갔었다. 지문은 열심히 지웠지만 족적을 지울 여유가 없었다. 만약 족적으로 인해 코타리까지 용의자가 되면 어떻게 해야 할지 난감했다.

"그런데 꼭 공중전화로 신고해야 했을까? 그냥 핸드폰으로 신고해도 큰 문제 없었잖아."

"제가 신고했다는 사실이 알려지는 게 싫어서요. 보복당할 수도 있고, 참고인이나 증인이 되면 귀찮아지잖아요."

"그건 그러네. 우리가 아무리 선량한 시민이라고 해도 한가하지 않으니까."

야구치가 크게 신경 쓰지 않아서 다행이었다. 그가 이유를 추궁했다면 코타리는 자신의 과거 이야기를 하지 않을 수 없었다.

"아무튼 '론도 베어링'은 우리 공장이랑도 가까운 곳이니까 경찰이 출동하면 바로 알 수 있을 거야."

야구치의 말은 적중했다. 점심시간이 끝나고 오후 작

업이 시작될 무렵 경찰차 사이렌 소리가 멀리서 들려왔다.

야구치가 다가와 먼저 말했다.
"예상대로 정말 '론도 베어링'에 경찰이 출동했어."
그 말을 듣자 안심이 되면서도 불안해졌다.
"상황을 보러 가보자."
"하지만 작업장을 이탈하면…."
"괜찮아. 몸이 안 좋아서 잠깐 쉬겠다고 다 보고해두었어."
야구치는 놀랍게도 키스기 작업반장을 잘 요리했다. 입만 열면 작업수칙만 강조하고 작업자들에게 질타밖에 하지 않는 무능한 인간을 어떻게 그렇게 잘 구워삶을 수 있는지 신기했다. 만약 코타리가 쉬겠다고 했다면 그는 들은 척도 하지 않았을 것이다.
"자자, 빨리 가보자."
야구치가 왜 그렇게 서두르는지 모르겠지만 코타리는 일단 그를 따라 작업장에서 벗어났다. 잠깐 쉰다는 명목이니 오랜 시간 작업장을 이탈해 있을 수는 없을 것이다.

둘은 공장 뒷문을 통해 '론도 베어링'으로 향했다. 시간대가 다르니 느낌도 완전히 달랐다. 햇빛 아래에서는 한밤중에 느꼈던 무시무시함이 느껴지지 않았고 악취도 심하지 않았다.

"저기 봐, 저기."

야구치가 가리키는 방향에 경찰차 세 대가 서 있었다. 공장 정문이 활짝 열려 있었고, 폐기물통 주위를 10명 이상의 경찰이 에워싸고 있었다.

형사 드라마에서 흔히 보던 접근금지 테이프는 아직 없었다. 아마 시신이 발견되면 그 후에 설치할 것이다.

경찰관 두 명이 폐기물통을 길쭉한 봉으로 여기저기 찔러보고 있었다. 폐기물통 안에 있는 내용물이 혹시나 밑으로 가라앉아 있는지 찾으려는 것 같았다.

"네가 봤던 봉투는 어느 정도 크기였어?"

"상당히 컸습니다."

"그럼 곧 발견하겠군."

하지만 경찰관들은 그것을 쉽게 발견하지 못한 듯했다.

코타리는 무언가 잘못되었다는 느낌이 들었다. 폐기물통은 고작 큰 욕조를 2개 붙인 정도의 크기였다. 조금만 봉을 휘저어도 그 안에 있는 봉투를 쉽게 찾을 수 있기 때문이다.

점차 불안감이 먹구름처럼 몰려왔다. 코타리가 알지 못하는 어떤 변수라도 생긴 걸까.

"경찰들 행동으로 봐선 아무것도 발견하지 못한 것 같아. 일단 돌아가자."

"하지만…"

"경찰이 뭐라도 발견되면 곧 시끄러워질 거야. 우리 가 작업장 안에 있어도 알 수 있을 정도로."

코타리는 하는 수 없이 야구치 뒤를 따라 돌아갔다.

공장으로 돌아와 작업을 시작하자 다시 잠기운이 몰 려왔다. '론도 베어링'까지 걸어갔다 왔으니 더 피곤했 다.

이번에도 야구치가 코타리를 깨워주었다.

"코타리, 경찰이 현장에서 철수했어."

그 한 마디에 잠은 싹 다 달아났다.

"경찰이 시신을 발견했어요?"

야구치가 목소리를 낮춰 물었다.

"그건 아니래. 다른 작업장에 있던 녀석이 알려줬는

데, 허탕을 쳤고 결국 아무것도 발견하지 못하고 철수했대."

그 말을 들은 코타리는 하늘이 무너지는 듯했다.

'말도 안 돼.'

코타리는 쉬하오란이 봉투를 폐기물통에 버리는 것을 두 눈으로 똑똑히 보았다. 직접 봉투를 열어 그 안에 사람의 팔이 있다는 것까지 확인했다. 절대 꿈이나 환각이 아니었다.

"야, 괜찮아?" '꿈이나 헛것이 아니라면 대체 어떻게 된 거지?'

그때 머릿속에 한 가지 생각이 스쳤다.

'당했다!'

코타리는 그날 밤 쉬하오란과 마주쳤을 때 도망쳐버렸다. 쉬하오란이 그 후에 어디서 무엇을 했는지 전혀 파악하지 않았다.

"코타리, 정신 차려!"

쉬하오란은 그 후 '론도 베어링'으로 갔던 것이 분명했다. 코타리가 자신의 모습을 목격했다는 사실을 알아차리고 봉투를 회수해 간 것이다. 그래서 지금까지 경찰이 아무것도 발견하지 못한 것이리라.

'젠장, 왜 이런 경우의 수를 고려하지 않은 거지? 왜 쉬하오란이 만만치 않은 살인마라는 사실을 깜빡한 거냐고!'

자신의 어리석음에 토가 나올 것 같았다.

"코타리!"

야구치가 코타리를 또 불렀다.

이번에는 잠기운이 아니라 자기혐오와 무력감이 몰려왔다.

"죄송합니다. 정말로 몸이 안 좋아진 것 같아요…."

"그래, 네 얼굴을 보니 그렇게 보인다. 알았으니까 잠깐 쉬어. 작업반장한테는 내가 말해둘 테니까."

"부탁드릴게요."

작업장 내 더위가 더 피로를 느끼게 했다. 이대로 작업을 계속하다가는 정말로 사고가 날 것 같았다. 나중에 야구치에게는 다시 감사 인사를 전하기로 다짐했다.

작업장을 나와 신선한 공기를 마시는 것만으로도 다소 살 것 같았다. 해가 서쪽으로 기울기 시작했고, 부드러운 바람이 얼굴을 스쳤다.

다소나마 마음이 진정되자, 다시 생각을 해볼 여유가

생겼다.

이제 와서 어젯밤의 실패를 후회해도 소용없었다. 쉬하오란은 코타리의 미행을 알아차린 것이 분명했다. 그래서 대로변에서 일부러 나타나 코타리를 견제하고, 그가 도망치는 것을 확인한 후에 다시 시신을 회수한 것이다.

그런데 후회스러운 일은 그것뿐만이 아니었다. 야구치에게 솔직하게 모든 사실을 이야기하지 않았기 때문에 야구치에게도 불신을 심어주었다. 코타리가 그렇게 강하게 주장했음에도 경찰은 아무것도 발견하지 못했다. 신고할 때 따라와 주었던 야구치에게도 체면을 완전히 구긴 것이다.

고립무원의 상황이었다. 이제 어떻게 쉬하오란을 대해야 할지 막막했다.

그때였다.

뒤에서 누군가의 시선이 느껴졌다. 포식자를 눈치챈 동물의 방어본능이 발휘된 것 같았다.

천천히 뒤를 돌아보았다.

정말로 그 녀석이 서 있었다.

쉬하오란이 20미터 정도 떨어진 곳에서 코타리를 바

라보고 있었던 것이다. 그는 어젯밤에 만났을 때의 미소가 아니라, 뱀이 개구리를 노려보는 듯한 차가운 시선으로 자신을 쳐다보고 있었다.

섬뜩함에 온몸에 소름이 돋았다. 쉬하오란의 시선이 마치 창으로 코타리를 찌르는 것 같아 몸이 마비되어 움직일 수 없었다.

'이쪽으로 오지 마. 1센티도 다가오지 마.'

도망치지도 못한 채 마음속으로 외칠 뿐이었다.

어젯밤 일로 쉬하오란은 자신의 범행이 들켰다는 것을 알았다. 그렇다면 목격자의 입을 틀어막으려 할 것이다. 입장 바꿔 생각해보면 코타리도 그렇게 할 것이다.

그렇다면 쉬하오란의 다음 표적은 코타리일 것이다.

온몸에 소름이 돋으며 등에서는 식은땀이 흘렀다.

쉬하오란은 여전히 코타리를 쳐다본 채 미동도 하지 않았다.

'누가, 누가 좀 살려줘.'

그렇게 외치려고 했지만 입에서 말이 튀어나오지 않았다.

가위에 눌린 것 같은 기분이었고, 1초가 10초처럼 느꺼졌다.

이윽고 쉬하오란은 고개를 돌려 작업장으로 돌아갔
다.

그러자 코타리는 마비가 풀린 것처럼 그 자리에 털썩
주저앉았다.

버틸 수 없는 위압감이었다. 살인에 익숙해진 맹수만
이 뿜을 수 있는 살기였다.

코타리는 숨을 헐떡이면서 끔찍한 사실을 다시금 깨
달았다. 오늘밤도 저 살인범과 벽 하나를 두고 잠을
자야 한다는 사실.

주저앉았던 지면에서 아지랑이가 피어올랐다.

날은 여전히 더웠지만 온몸에는 오한이 들었다.

3

결국 코타리는 그날 밤도 제대로 잘 수 없었다.

시신유기 현장을 목격했다고 확신했는데 경찰이 허탕을 쳤고, 범인인 쉬하오란은 자신을 노려보기까지 했다.

그저께 밤에 '론도 베어링'에서 목격한 장면이 열대야와 피해망상이 만들어낸 악몽이 아니었을까 생각도 해 보았다. 하지만 쉬하오란을 미행하고 '론도 베어링' 뒤에 있는 폐기물통에서 사람의 팔을 본 사실이 꿈이라고는 도저히 생각할 수 없었다. 팔을 만졌던 감각이 지금도 선명하게 남아있었다. 폐기물통에 들어있던 검은색 다른 폐기물도 운동복 소매에 묻어있다. 결코 꿈이 아니었고, 절대 망상도 아니었다.

코타리는 수면부족으로 멍해져버린 자신을 깨우기 위해 휘청거리며 욕실로 향했다.

수도꼭지를 비틀자 갑자기 뜨거운 물이 뿜어져 나왔다. 밤사이 달구어진 모양이었다. 차가워지기를 기다렸다가 머리를 들이밀자, 뒷머리에 차가운 감촉이 느껴졌다. 그제서야 마음이 조금 편안해졌다.

겨우 정신을 차리고 다시 생각을 해보았다. 코타리의 미행을 눈치챈 쉬하오란이 폐기물통에 들어있던 봉투를 회수했고 그래서 경찰이 수색했을 때 봉투가 없었던 것이라면, 쉬하오란은 그날 밤 그 봉투를 기숙사로 가지고 돌아왔을 것이다. 그렇다면 흔적이 남았을 것이고, 그 흔적이란 바로 냄새, 코타리도 맡은 적이 있는 냄새일 것이다.

물론 코타리는 시체가 부패하는 냄새가 어떤지 모른다. 폐기물통에서 꺼냈을 때 베어링을 절삭하는 과정에서 나오는 다른 폐기물인 연삭 슬러지 냄새가 너무 강해서 시신이 부패하는 냄새를 맡지 못했다. 하지만 다른 폐기물 냄새는 분명히 기억이 났다. 즉, 쉬하오란이 시신을 회수해 기숙사로 돌아왔다면 기숙사 안에 다른 폐기물 냄새가 나거나, 다른 폐기물 방울이 땅에 떨어져 있을 수 있었다.

아직 세탁하지 않은 운동복을 꺼내 소매를 확인했다. 다른 폐기물인 연삭 슬러지는 어두운 갈색에 유성 물질이라 물로 씻기지 않아 만약 아스팔트나 콘크리트에 방울이 떨어졌다면 쉽게 지울 수 없다.

코타리는 옷을 갈아입은 다음 컵을 벽에 대어 옆방에서 들리는 소리에 집중했다. 쉬하오란이 기숙사를 나가는 것을 확인하기 위해서였지만 만약 누군가 그 모습을 볼 수 있다면 코타리가 쉬하오란을 감시하고 있는 것처럼 보일 것이다. 어째서 피해자인 자신이 스토커 같은 짓을 해야 하는지 짜증이 났다.

잠시 후, 쉬하오란이 옷을 갈아입고 현관문을 여는 소리가 들렸다. 이것도 코타리의 과거 경험이 많은 도움을 주었다. 그때 이후 두 번 다시 이런 짓을 하지 않겠다고 맹세했는데, 스스로를 보호하기 위해 다시 그 짓을 하고 있으니 황당할 노릇이었다.

쉬하오란이 복도를 지나가는 소리를 확인한 코타리는 조심스레 현관문을 열었다. 어차피 출근도 해야 했다.

'좋아, 쉬하오란의 모습이 보이지 않아.'

코타리는 기숙사를 나와 복도를 내려다보았다. 하지만 아무리 봐도 복도에는 폐기물 방울 같은 흔적이 없었다.

'그렇다면 시신을 기숙사로 가져오지 않은 건가?'

코타리는 출근을 하면서 자신이 쉬하오란이라면 어

떻게 했을까 이리저리 머리를 굴려보았다. 조금 전 마치 자신이 스토커가 된 것 같다고 생각했던 것이 도움을 주었다.

'냄새. 그렇다, 가장 큰 문제는 냄새다. 그렇다면 그 끔찍한 냄새를 없애려면 어떻게 해야 하지?'

잠시 생각하다가 한 가지 방법을 떠올렸다. 연삭 슬러지와 비슷한 냄새가 나거나 그 이상의 악취가 나는 곳에 버리면 된다. 연삭 슬러지 이상의 악취라면 가장 먼저 떠오르는 것이 공장에서 배출되는 폐수였다. '론도 베어링'이나 '니시무라 정밀' 외에도 이 일대에 공장은 무수히 많았다. 그렇기 때문에 산업폐기물을 버릴 수 있는 장소도 무수히 많았다.

코타리는 공장에 도착해 작업장으로 향했다. 아직 잠기운이 남아 있었지만 어떻게든 버텨내야 했다. 자신의 얼굴 양쪽을 세차게 때리며 작업에 임했다.

코타리는 작업 중에 꾸벅꾸벅 졸았지만 어떻게든 오전 근무를 버텨냈다. 점심시간 때도 밥을 먹고 싶은 생각보다 그냥 자고 싶었다. 그래서 작업장 뒤편으로 가서 주위를 확인했다. 다행히 쉬하오란은 없었다. 또, 대낮에는 자신을 공격하지 않을 것이다.

'인간은 밥을 먹지 않아도 죽지 않지만, 잠을 자지 않으면 죽는다.'

누군가에게 들은 이야기를 떠올리며 코타리는 곧바로 잠에 빠져들었다.

눈을 떴을 때 바로 옆에 누군가가 있었다. 순간 비명을 지를 뻔했지만 야구치라는 것을 알고 나서 겨우 참을 수 있었다.

"괜찮아? 코를 꽤 심하게 골던데…."

코타리는 낮잠을 자는 동안 꿈을 꿨다는 기억은 있었지만 꿈 내용이 기억나지는 않았다. 숙면을 취한 증거라서 묘하게 기분이 좋았다.

"깨울까도 생각했는데 너무 잘 자고 있어서 그냥 내버려 두었어."

"감사합니다. 근데 아직 오후 작업시간까지 시간이 남아 있는데 왜 깨우려고 하신 거죠?"

"방금 전 인터넷에 뉴스가 올라왔어. 공장 주변도 갑자기 소란스러워졌어."

"무슨 일 있었나요?"

"사람의 팔이 담긴 진공 봉투가 발견되었어."

코타리는 자신도 모르게 벌떡 일어났다.

"4시간 전에 발견되었대. 우리가 작업을 시작했을 무렵이지. 아, 참고로 양쪽 팔이 다 들어있었대."

코타리는 봉투를 열었을 때 분명 한쪽 팔밖에 보지 못했지만 봉투의 크기상 두 팔이 들어있었어도 이상하지 않았다.

"어, 어느 공장에서 발견되었죠?"

"어째서 공장에서 발견된 거라고 생각했어?"

"분명 냄새가 많이 났을 테니까요. 시신이 썩는 냄새를 숨기려면 다른 폐기물통일 거라고 생각해서요…."

"대단한 추리력이네. '사사키 섬유' 뒤편에 있는 폐기물통에서 발견되었어."

코타리도 그 공장 간판을 본 적이 있어 잘 알고 있었다. '론도 베어링'에서 100미터 정도 떨어진 공장이었다.

"폴리에스테르라고 했던가? 염색 과정에서 그런 도료를 사용하잖아. 그 도료 냄새가 꽤 심하대."

코타리는 자신의 추리가 적중했지만 기분은 좋지 않았다. 그것보다 시신을 처리하는 쉬하오란의 집념이 느껴져 무서웠다.

"경찰차가 '사사키 섬유'를 둘러싸고 있어. 이걸 봐봐."

야구치가 내민 스마트폰 화면에는 인터넷 뉴스가 표시되고 있었다. 상공에서 '사사키 섬유' 공장을 찍은 사진이 첨부되어 있었다. 정말로 공장 주위를 경찰차가 둘러싸고 있었다.

"쉬하오란이 다른 곳으로 시신을 옮긴 걸까?"

"분명 그렇다고 생각해요."

"그렇다면 네가 신고한 것을 경찰이 어떻게 생각할까? 장소가 달랐지만 맞는 말이었으니까 목격자가 당황해서 위치를 잘못 신고했다고 생각할 수도 있어."

자신이 경찰에 제보했다는 사실은 깜빡 잊고 있었다.

초조함과 새로운 공포심이 온몸을 감쌌다. 선의의 행동이 결과적으로 수사를 방해한 것은 아닐까.

"현장에 가보고 싶어?"

"가능하면 가보고 싶어요."

"오늘은 무리야. 저렇게 경찰차가 있으니 경찰관도 엄청 많겠지. 현장 검증이나 주변 탐문 수사로 당분간 계속 소란스러울 거야."

야구치의 말대로 퇴근길에는 여기저기에 경찰관들이

있었다. 물론 제복을 입은 경찰도 있었지만, 사복경찰
도 돌아다니고 있을 것이다.

'당신이 신고한 거죠?'

그들이 불쑥 코타리를 찾아와 그렇게 물을까 봐 겁
이 났다. 코타리는 범인도 아닌데 경찰들로부터 도망
치듯 기숙사로 향했다.

도중에 단골 음식점으로 들어가 주위에 쉬하오란의
모습이 없는지 살핀 후 인터넷 뉴스를 확인했다.

세 번째 시신이 발견되자, 매스컴이나 세간의 관심이
더 집중되었다. 경찰 또한 신속하게 수사를 했는지 벌
써 시신의 신원 파악을 끝냈다고 했다.

뉴스에서 주목하고 있는 점은 발견된 양팔이 이전에
발견된 두 시신의 나머지 부분이 아니라 새로운 희생
자라는 점이었다.

'23일, 도쿄 오오타구 오오모리미나미에 있는 공장
'사사키 섬유' 공장 내에서 발견된 시신의 일부는 실종
된 히가시라 유노 씨(25)로 판명되었다. 히가시라 씨는
이번달 15일에 회사에서 퇴근한 이후 행방이 묘연해졌
으며 경찰이 수사 중이었다.'

다른 뉴스 사이트에는 그녀의 부모님을 취재한 인터

뷰 영상이 첨부되어 있었다. 두 사람의 얼굴은 모자이크 처리가 되어 있었지만, 코타리는 그때 보았던 두 사람의 모습이 지금도 선명했다. 어머니와 이야기까지 나누었기 때문이다. 목이 터져라 행인들에게 호소하던 아버지와 거의 절규하듯 외치던 어머니가 떠올랐다.

"어머님, 지금 심정은 어떠신가요…?"

"유노가 너무 불쌍합니다…. 팔만 발견되다니…"

"범인에게 한 말씀 해주시죠."

그때 아버지가 끼어들었다.

"부탁드립니다. 이제 저희에 대한 취재는 삼가 주세요. 제 아내는 많이 힘듭니다."

"그렇다면 아버님께서는 범인을 어떻게 생각하십니까?"

"어떻게 생각하냐고?"

갑자기 언성이 높아졌다.

"당신, 아이는 있어?"

"아뇨, 그게…."

"자신의 아이가, 태어났을 때부터 길러온 아이가 토막살인의 피해자로 발견되었어. 부모가 어떻게 생각할지 그 정도 상상력도 없는 거야!"

"저, 저희에게는 보도의 의무가…."

"그건 대체 누가 준 의무야! 의무가 있으면 남의 마음을 멋대로 짓밟아도 된다는 거야?"

"그것은 저기…."

"당신네들이 하고 있는 짓은 보도가 아니야. 범인과 마찬가지로 우리의 불행을 즐기고 있을 뿐이지."

도저히 그 이상은 볼 수 없어서 코타리는 영상을 껐다.

다른 뉴스 사이트에서는 이번 사건을 앞선 두 사건과 연관 짓고 있는 심층 기사가 올라와 있었다.

'5월 8일, 카마타의 주택지에서 시작된 연쇄 토막살인 사건은 오늘자로 세 명째 희생자가 나왔다. 두 번째는 오오이후토, 그리고 이번에는 오오타구의 공장지대였다. 세 곳은 서로 가까운 장소이며, 세 건 전부 범인이 시신을 절단하고 투기했다. 범죄수사 전문가가 아니더라도 세 건의 사건이 연관이 있다고 추리하는 것은 무리가 아니다. 앞서 희생자를 두 명이나 냈음에도 또다시 새로운 희생자를 낸 수사본부의 책임은 막중하다. 이제 한시라도 빨리 범인을 체포하거나 사건의 진상을 해명하지 못하면 경찰에 대한 신뢰가 실추될 수

있다.'

코타리는 그 기사를 보고 어둠 속에서 암약하는 범인의 모습이 떠올랐다. 불필요한 형용사를 배제하여 독자의 상상력을 자극하고 있는 문장이었다. 이를 의식해서 집필했다면 기자는 작가의 소질이 있었다.

하지만 독자의 상상력을 자극하는 것은 글솜씨 때문만이 아니었다. 코타리는 범인을 알고 있기 때문이었다. 이름뿐만 아니라 얼굴, 목소리도 전부 알고 있었다. 그래서 단순한 상상이 아니라 구체적인 인물상이 떠올라 더 공포를 느낀 것이리라.

다행히 코타리는 며칠 전 경찰에 신고했을 때 쉬하오란이라는 이름을 거론했다. 히가시라 유노의 시신이 발견된 이상 경찰이 그 이름을 무시할 수 없을 것이다.

'제발 부탁이니까 그 녀석을 빨리 체포해줘.'

쉬하오란의 방을 수색하면 분명 시신의 흔적을 찾을 수 있을 것이다. 어쩌면 지금도 시신의 일부를 보관하고 있을지도 몰랐다. 그렇다면 변명의 여지조차 없는 증거가 된다. 쉬하오란은 그 자리에서 체포당하고 모든 사태는 깔끔하게 종결될 것이다.

'차라리 다시 한번 신고를 해볼까? 매일 쉬하오란의

방에서 시신을 절단하는 소리가 들려온다고 말하면 들어줄지도 몰라.'

하지만 그 생각은 바로 지워버렸다. 쉬하오란이 자신의 옆에 있다는 것을 알리면서 신고하면 반드시 코타리도 조사를 받게 된다. 그렇게 되면 코타리의 달갑지 않은 과거도 들쑤시게 될 것이다. 이제야 겨우 상처가 아물어가고 있는데 다시 그것을 들쑤시게 되면 그 안에서 원치 않은 것들이 흘러나오게 될 것이다. 그것만은 피해야 했다. 그 고통과 괴로움을 잊기 위해서 얼마나 많은 것들을 희생해왔던가.

"어이, 이봐."

그때 갑자기 옆에서 누군가 말을 걸어 깜짝 놀라 옆을 보았다. 어떤 꾀죄죄한 남자가 자신을 쳐다보고 있었다.

"당신 말이야, 모처럼 주문한 요리가 다 식었잖아."

그 말을 듣고서 코타리는 앞에 놓인 요리를 쳐다보았다. 코타리가 주문했던 계란덮밥이 식어서 딱딱해져가고 있었다.

"안 먹을 거면 나 줘. 당신 어차피 핸드폰 하느라 정신없잖아. 그런 거 하면서 먹으면 맛도 모르잖아."

차가워진 계란덮밥을 억지로 입에 우겨넣고 기숙사에 왔을 때 라인(LINE, 카카오톡 같은 메신저 – 옮긴이 주) 메시지가 왔다.

사호리가 보낸 메시지였다.

'기숙사에 돌아왔어?'

'그래, 지금 돌아온 참이야.'

'할 이야기가 있는데 잠깐 거기 가도 돼?'

그녀의 얼굴이 엄청 그립게 느껴졌다. 며칠간 신경쇠약에 걸릴 지경이다 보니 그녀의 얼굴이 더 보고 싶었다.

'기다릴게.'

그렇게 답장을 하려다가 생각을 바꾸었다.

옆방에는 연쇄살인범이 살고 있다.

'오면 안 돼.'

잠시 후 사호리가 코타리를 수상하게 여기는 듯한 메시지가 왔다.

'누구랑 같이 있어?'

'그런 게 아니야. 여기는 위험해.'

'왜?'

코타리는 그녀가 자신의 기숙사에 와서는 안 된다고

생각했다.

그는 사호리의 성격을 잘 알고 있기 때문이다.

하지만 사호리는 워낙 촉이 좋아 코타리가 어설프게 둘러대도 역효과만 날 뿐이었다. 괜히 변명을 했다가는 바로 기숙사로 쳐들어올 수도 있었다.

'벌써 그쪽으로 가고 있는데.'

혹시나 했더니 역시나였다.

코타리는 서둘러 답장을 했다. 기숙사가 아닌 다른 곳에서 만나자고 할 수밖에 없었다.

'항상 만나던 카페에서 기다릴 테니까 거기로 와줘.'

코타리는 사호리와 만날 때만 이용하는 카페에 도착했다.

커피보다는 디저트 메뉴가 많은 가게로 내부 인테리어를 보면 여성 고객을 타깃으로 하고 있다는 것을 알 수 있었다. 코타리가 혼자서 기다리기에는 뻘쭘한 가게였다.

코타리가 눈치를 보며 기다리고 있자, 이윽고 사호리가 나타났다.

"혹시 주문했어?"

"아니, 아직."

"아, 여기요. 브랜드 커피와 슈퍼 후르츠 파르페 주문할게요."

"그거 여기서 제일 비싼 거잖아…"

"괜찮아, 괜찮아. 어차피 네가 사주는 거잖아."

장소를 바꾼 터라 반대할 수 없었다. 주문을 적은 여성 점원이 카운터로 돌아가자, 사호리가 팔짱을 끼며 말했다.

"그럼 설명 좀 들어볼까, 왜 내가 네 기숙사에 가면 안 되는 거지?"

지금 코타리와 사호리는 가게 가장 안쪽 테이블에 앉아있다. 여기라면 가게 내부를 전부 관찰할 수 있고, 조용히 말하면 옆 테이블에도 말소리가 들리지 않는다.

코타리는 전단지까지 뿌리던 부모의 노력에도 불구하고 히가시라 유노의 시신이 발견되었다는 사실과 쉬하오란이 그 시신의 일부를 투기하는 장면을 직접 목격해 이를 익명으로 신고했다는 사실을 이야기했다.

사호리도 내용이 내용인지라 이번만큼은 진지하게 이야기를 들어주었다.

"거짓말하는 거 아니지?"

"차라리 거짓말이었으면 좋겠어. 전에도 말했지만 요즘 거의 잠을 자지 못했어. 수면 부족이라 작업 중에도 어질어질해. 야구치 선배가 없었으면 정말 사고가 났을 거야."

"옆방에 연쇄살인범이 산다고…?"

"전에는 의심만 했었지만 이제 두 눈으로 목격을 해버렸으니 진짜 틀림없어. 절대 기숙사에 와서는 안 돼."

"기숙사가 위험하다는 것은 알겠어."

사호리는 팔짱을 풀고 얼굴을 내밀며 말을 이었다.

"그런데 마치 내가 살해라도 당할 것처럼 말하네. 쉬하오란이 연쇄살인범이라면 그가 어떤 기준으로 희생자를 고르는지 알아?"

생각지도 못한 질문에 코타리는 당황했다.

"모르겠어. 애초에 희생자들에 대한 정보도 없어서 공통점도 몰라."

"그럼 내가 살해당할 확률도 모른다는 거네."

"하지만 희생자들은 모두 여성이었어."

"그게 무슨 소리야? 그럼 다음 희생자가 남자가 되면, 이제 전 인류가 다음 희생자 후보가 되겠네."

"농담할 상황이 아니야. 사람이 죽었어. 괜한 호기심에 너까지 위험에 빠지지 말라는 소리야."

"걱정해주는 거야?"

"당연하지."

"그렇게 걱정이 되면 선수를 치면 되잖아."

"경찰에는 이미 신고했다고 했잖아."

"하지만 익명으로 한 신고였잖아. 그리고 신고 자체는 허탕으로 끝났고…."

"그래도 경찰 기록에 '쉬하오란'이라는 이름이 남아있을 거야. 이렇게 사건이 커지고 세간의 주목을 받았으니 경찰은 사소한 정보라도 놓치지 않겠지. 결국에는 쉬하오란이 용의자로 좁혀질 거고, 그러면 전부 끝이야."

"다시 말하면 경찰이 움직이기를 기다리자는 거야? 그 사이에 쉬하오란이 도망치거나 새로운 희생자가 생길 수도 있잖아?"

부정할 수 없었다. 쉬하오란의 불길한 눈빛을 떠올릴 때마다 내버려두면 위험할 것이라고 느꼈다.

"네가 직접 경찰서에 가서 신고할 생각 없어? 익명 신고보다 직접 가서 신고하는 편이 더 신뢰감을 줄 텐데…."

"그건 안 돼."

"왜?"

"경찰서에 갔다는 것을 들키면 쉬하오란은 틀림없이 내 입을 막으려고 들 거야. 아니, 나뿐만이 아니라 나와 가까운 사람도 위험에 노출돼. 그건 절대 안 돼."

"하지만 유력한 정보를 주면 경찰도 가만히 있지 않을 거야. 증인 보호 차원에서라도 바로 움직일 수 있잖아."

"경찰을 믿지 못하겠어."

"아까는 경찰을 믿는 것처럼 말했잖아. 그게 무슨 소리야?"

"지금 내가 정신이 없어. 다소 횡설수설해도 이해해줘."

사호리가 더 코타리쪽으로 얼굴을 내밀었다.

"저기…, 대체 뭘 두려워하고 있는 거야?"

"당연히 쉬하오란을 두려워하고 있지."

"아니야, 지금 넌 당연히 쉬하오란을 두려워하고 있겠지만 그거 말고도 무언가를 두려워하고 있어. 두려워하는 대상이 두 개이기 때문에 그렇게 오락가락하는 거잖아."

"이래서 논리적인 여자는 상대하기 힘들어."

말이 너무 심했다 싶었지만, 이미 뱉은 뒤였다.

하지만 사호리는 개의치 않고 말을 이어나갔다.

"네가 전혀 논리적이지 않으니까 나랑 궁합이 잘 맞는 거야."

사호리가 손을 뻗어 코타리를 잡았다.

"걱정해줘서 고마워. 정말 기뻐."

"아…, 그래."

"경찰서에 가라고 하지 않을게."

"그래, 고마워."

"하지만 너도 네 안전을 지켜야 해. 경찰이 쉬하오란을 체포하기 전에 쉬하오란이 너를 먼저 공격하면 어떻게 할 거야?"

실은 이미 그런 상황이라고 봐야 하겠지만 그 이야기는 도저히 할 수 없었다. 사호리가 걱정하는 것은 싫었기 때문이다.

한편, 코타리는 사호리의 말대로 신분을 밝히고 경찰에 제보할 수 없는 진짜 이유가 따로 있었다.

하지만 사호리에게는 그 사실을 도저히 밝힐 수 없었다.

4

"이번에 발견된 히가시라 유노의 팔은 사후 1주일 정도가 경과된 상태였다. 그래서 부검 결과에서도 범인에 대한 유력한 정보를 얻지 못했다."

무라세 형사 부장은 딱딱한 표정으로 수사 회의를 진행했다. 그는 속내를 잘 드러내지 않는 성향이지만, 세간을 뒤흔드는 사건이 발생했음에도 단서다운 단서가 나오지 않은 터라 마음이 조급해지지 않을 수 없었다.

가장 앞에 앉은 쿠도 형사는 무라세의 옆에 앉아 있는 키리시마 형사 반장을 쳐다보았다. 키리시마도 무라세와 마찬가지로 표정 변화가 거의 없고 말수도 적었다.

"범인은 왜 시신을 토막내야만 했을까?"

단상에서 무라세가 계속 회의를 주재했다. 쿠도는 맨 앞에 앉아있으니 벌이라도 받고 있는 기분이었다.

"시신 훼손에는 크게 네 가지 원인이 존재한다. 첫째, 피해자에 대한 강렬한 원한, 둘째, 돌발적 성 충동, 셋째, 피해자의 신원 은폐, 넷째, 시신의 용이한 운반이다. 이번 희생자 세 명의 신원은 이미 밝혀졌다. 실종 신고가 들어와 있었기 때문이다. 따라서 세 번째 이유는 이 사건과 무관하다."

5월 8일 카마타의 주택지에서 발견된 시신은 '카타쿠라 에이미'라는 25세 여성이었다. 그녀는 오오타구에 있는 공항에 근무하는 직원으로, 시신의 하복부에 있던 수술 자국을 수도권 전역에 있는 의료기관에 문의한 결과 신원을 파악했다.

8월 20일 오오이후토의 간척지에서 발견된 두 다리는 '쿠니베 쥰코'라는 27세 여성이었다. 그녀는 카마타에 있는 술집에서 일하는 호스티스로서, 발톱에 있는 네일아트 디자인이 독특했기 때문에 네일아트 가게 고객정보를 수소문한 끝에 신원을 파악할 수 있었다.

하지만 수사본부에서는 그들 사이에 어떠한 관련성도 발견하지 못했기 때문에 일부러 피해자의 이름을 공개하지 않고 있었다. 의도적으로 수사가 더디게 진행되는 것처럼 하여 범인의 새로운 움직임을 유도한 것이다.

하지만 세 번째 희생자인 히가시라 유노로 인해 더

이상 그 방침은 유지될 수 없었다. 딸의 죽음을 알게 된 부모가 매스컴에 관련 정보를 넘겼기 때문이다.

히가시라 유노는 왼손 약지가 다른 사람들보다 약간 길었다. 아버지쪽 유전이었는데 '사사키 섬유'의 공장 내에서 발견된 왼손의 약지가 그랬다. 수사관 중 한 명이 오오타구 내의 실종자들을 수사하던 중 그 특징을 기억하고 있었다. 이후 지문과 머리카락 DNA 검사 결과를 토대로 신원이 파악되었다.

"현시점에서 희생자 사이에 공통점이 없고, 따라서 공통된 원한이 있다고 보기 어렵다. 그렇다면 첫 번째 원인도 이 사건의 시신 훼손 이유로 볼 수 없다. 남은 것은 이상 성욕이라는 두 번째 원인과 치밀하게 범행을 저지르고 있다는 네 번째 원인만 남는다. 물론 그렇다고 속단은 금물이다. 수사를 계속 해나가면 어쩌면 세 명의 공통점이 나타날 가능성도 제로는 아니다."

즉, 무라세 형사 부장은 아무것도 알 수 없다는 말을 완곡하게 표현한 것이다. 답보 상태에 빠진 사건은 모든 가능성을 열어둘 수밖에 없는데, 이번 사건도 마찬가지였다.

"시민들은 불안에 떨고 있다."

드디어 무라세가 마무리 멘트를 하기 시작했다.

"불안하기 때문에 소란스러운 것이다. 인간의 심리는 늘 그렇다. 불안을 종식시키는 방법은 범인을 검거하는 것 외에는 없다. 모두의 활약에 경찰의 명예가 달려 있다고 해도 과언이 아니다. 각자 더 분발하도록. 이상."

회의가 끝나고 수사관들이 삼삼오오 해산하는 가운데 키리시마 형사 반장은 쿠도를 회의실 구석으로 불렀다.

"그 신고에 대해 어떻게 생각하나?"

신고라고 하는 것은 히가시라 유노의 양 팔이 발견되기 전날에 걸려온 익명의 전화를 가리켰다.

제보를 받은 범죄신고 센터는 곧바로 그 내용을 경찰청 수사1과에 전달했고, 수색을 시작했지만 현장에서는 시신의 일부는커녕 아무 단서도 발견되지 않았다. 익명의 제보는 진위 판단이 어렵고, 대부분 허위 신고가 많다.

그런데 그 제보 이후, 현장에서 100미터 떨어진 다른 공장에서 폐기물통에 든 진공 봉투를 발견했다는 신고가 들어왔고 그것은 익명의 제보도 아니었으며, 확인 결과 사실이었다.

그렇다면 처음 있었던 익명의 제보도 무시할 수 없는 정보였다.

"사실 '쉬하오란'이라는 자의 동태를 살피기 위해 카츠라기 형사를 붙여두었습니다." 쿠도가 말했다."그 녀석이 잘할 수 있겠어?"

"네, 변장술과 미행에 있어 경찰청 그 누구보다 뛰어납니다."

"수상한 움직임은 없었나?"

"현재로서는…."

"발견된 히가시라 유노의 신체부위는 양팔뿐이야. 범인이 쉬하오란이 맞다면, 그 자는 아직 유노 양의 다른 부위를 가지고 있을 가능성이 커."

의심이 된다고 해서 아무런 증거 없이 곧바로 쉬하오란의 기숙사를 압수수색할 수는 없었다. 특히 최근에 살인 누명을 쓰고 복역한 외국인 노동자가 있었다는 사실이 밝혀져 경찰이 맹렬한 비난을 받은 적이 있었다.

"어쨌든 쉬하오란을 잘 감시해. 수상한 움직임이 보이면 곧바로 지원 요청을 해서 현장을 덮쳐."

그런 명령이 없었어도 쿠도 역시 그렇게 할 요량이었다.

사실 쿠도는 한 가지 걸리는 것이 있었다. 신고센터에 걸려온 제보를 녹음한 파일을 들었을 때부터 한 가지 생각이 머릿속을 떠나지 않았다. 그 목소리는 분명 쉬하오란의 옆방에 사는 코타리의 목소리가 틀림없었다. 신고 내용도 그때 그가 이야기했던 내용과 거의 같았다.

하지만 그는 왜 익명으로 신고했을까?

오후 6시 반, 잠복중인 카츠라기 형사와 쿠도가 만나기로 한 시간이었다. 퇴근시간이라 '니시무라 정밀' 직원들이 일제히 쏟아져 나올 시간이기도 했다.

약속 장소는 공장 정면에 주차해 둔 경찰 승합차였다.

"수고 많으십니다."

카츠라기가 차 안에 있던 쿠도를 보자마자 긴장이 풀린 듯 인사했다. 차 안에는 각종 카메라와 집음(集音) 수신기가 있었다. 공장에서 직원들이 나오기만 하면 그들의 대화 내용을 도청할 수 있는 장치였다.

"무슨 움직임이라도 있었어?"

"전혀 없었습니다. 쉬하오란은 다른 외국인 노동자와도 거리를 두고 있어 거의 대화를 하지 않았습니다."

"여성을 세 명이나 죽일 녀석으로 보여?"

"그렇게 보이는 사람은 대부분 범죄를 저지르지 않겠죠. 그건 예전에 쿠도 선배가 해주신 말씀이잖아요. 그런데 신고가 들어왔다고는 해도 쉬하오란 하나 때문에 이런 장비까지 동원할 필요가 있을까요?"

"일단 그럴 필요성이 있어. 녹음된 내용으로 보아 공장 관계자가 신고했을 가능성이 높아. 최근 임금이 싼 외국인 노동자에게 일자리를 빼앗겨 그들에게 원한을 가진 사람이 허위 신고를 했을 가능성도 배제할 수는 없지만, 그렇다면 특정한 한 명의 이름을 지명해서 신고하지 않겠지."

"쉬하오란을 다른 외국인 노동자와 달리 보아야 할 특별한 사정이 있다는 말씀이군요?"

"이제 미행을 시작한 지 겨우 이틀째야. 지금 단계에서는 내 예상 또한 전부 추측에 지나지 않아."

그때 카츠라기가 긴장된 목소리로 말했다.

"쉬하오란이 공장에서 나왔습니다."

그 말에 쿠도가 모니터를 보았다. 왜소한 체형과 단발머리, 둥근 얼굴을 지닌 평범한 외모였지만 실처럼 가는 눈은 독특했다.

"그럼 저는 이만 다시 쉬하오란을 미행하러…"

카츠라기가 인사를 하고 차에서 나가려는 순간이었다.

"기다려."

쿠도는 카츠라기를 붙잡으며 모니터 화면을 가리켰다. 공장에서 나온 쉬하오란의 뒤를 어떤 남자가 미행하고 있었기 때문이다. 물론 형사가 보기에는 어설픈 미행이었다. 누가 봐도 미행하고 있다고 알아차릴 법했다.

쿠도의 눈길을 끈 것은 그 행동이 아니라 남자의 얼굴이었다. 화면을 확대하자 나타난 남자의 얼굴을 보고 쿠도는 소리를 지를 뻔했다.

화면에는 낯익은 남자가 나타나 있었다. 기숙사 202호실에 사는 코타리 토모야였다.

"지금부터 작전을 변경한다."

"네?"

"지금 쉬하오란 뒤를 미행하는 사람이 그 익명의 제

보자야. 이름은 코타리 토모야, 기숙사 202호실, 즉 쉬하오란의 옆방에 살고 있지. 우리들과 마찬가지로 쉬하오란을 감시하고 있는 것 같은데, 지금부터는 두 사람을 다 미행해 줘. 만약 두 사람 사이의 거리가 멀어져서 미행하기 힘들어지면 나한테 연락해. 나도 도울 테니까."

"그건 괜찮습니다만 쿠도 형사님은 앞으로 뭘 하실 계획인가요?"

"난 코타리를 조사할 거야. 그러니까 넌 미행을 잘 맡아줘."

카츠라기가 무언가 말을 하려고 했지만, 쿠도는 이미 차에서 내려 수사본부로 뛰어나가고 있었다.

신고를 한 코타리는 쉬하오란이 살인범이라고 단언했다. 그리고 쉬하오란은 그의 옆방에 살고 있다. 옆방에 연쇄살인범이 산다는 것을 알고도 가만히 있을 수 있는 사람이 있을까. 신고를 하면서 자신의 신변 보호 요청을 경찰에 의뢰하는 것이 일반적일 것이다.

하지만 코타리는 일부러 익명으로 신고하고, 본인이 직접 쉬하오란을 감시하고 있었다. 일반적인 반응이라고 볼 수 없었다.

물론 처음 쿠도가 그를 방문했을 때 자신을 믿어주지 않아서 경찰을 신뢰하지 않게 된 것인지도 모르지만, 그 점을 감안해도 특이한 행동이었다.

쿠도는 먼저 코타리와 쉬하오란 사이에 무슨 일이 있었는지를 조사해야 했다.

쿠도는 자료를 모으기 시작했다. 반나절 동안 코타리의 호적과 구직 사이트에 남아있는 기록과 납세 증명서 등을 모았다. 그것들을 통해 많은 정보를 얻을 수 있었다.

코타리 토모야는 일단 1989년 6월 10일에 태어났다. 본적은 미야기현 센다이시 아오바쿠 카사하라 4-8이며, 18세까지 거기서 살았고, 그 이후부터 24세까지는 후쿠시마 시내에 살았다. 그 후에는 관동 지방을 전전하며 현재에 이르렀다.

코타리는 2년 전 1월에 '니시무라 정밀'에 입사했는데, 그 이전의 경력은 알 수 없었다. 물론 구직 사이트를 이용하지 않고 취업하는 사람도 무수히 많다. 따라서 정확한 정보를 얻기 위해서는 '니시무라 정밀' 인사부에 보관되어 있는 이력서를 확인해야 한다.

호적상의 부모는 이미 타계했다. 형제도 없어 부모가 돌아가신 시점에 코타리는 세상에 혼자 남겨졌다. 관동 지방을 전전하며 살았던 이유도 부모가 없었기 때문일 것이다.

지방에서 태어난 청년이 취업을 이유로 비교적 이른 나이인 18세에 고향을 떠나 부모라는 족쇄에서 해방되어 각지를 떠돌며 마음 편한 독신 생활을 했다. 그러다가 부모님은 돌아가셨고, 30세쯤 되어 도쿄 내 공장에 취업하면서 정착했다. 그렇게 본다면 딱히 특별한 점도 없었다. 도쿄에 사는 지방 출신 취업자의 전형적인 모습이었다.

쿠도는 두 사람의 전과 기록을 가장 먼저 조사했다. 하지만 두 사람 다 경찰청 데이터베이스에 저장된 전과 기록은 없었다. 즉, 그들은 단 한 번의 교통법규 위반조차 하지 않았고, 경찰과는 전혀 인연이 없는 삶을 살았다.

쿠도는 이리저리 머리를 굴리던 사이 아직 확인하지 않은 문서가 있다는 사실을 깨달았다. 바로 운전경력증명서였다. 운전경력증명서는 과거 5년간의 교통법규 위반 사실이나 사고, 행정처분 등의 기록을 증명하는 서류로 운전면허증 복사본도 첨부되어 있었다.

코타리의 면허는 이미 10년 전에 실효되었기 때문에 큰 의미가 없을 것 같았지만, 그것을 훑어본 쿠도는 깜짝 놀라지 않을 수 없었다.

쿠도가 놀란 이유는 운전경력증명서에 붙어있는 운전면허증 복사본 때문이었다. 면허증에는 길쭉한 얼굴에 째진 눈매의 남자 사진이 붙어 있었는데, 둥근 얼굴과 아래로 내려앉은 눈매를 지닌 현재의 코타리와는 전혀 다른 사람 같았다.

공문서인 운전경력증명서를 신뢰한다면, 면허증에 붙어 있는 사진 속 남자가 '코타리 토모야'임에 틀림없었다.

그렇다면 현재 '니시무라 정밀' 기숙사 202호실에 살고 있는 그 남자는 '코타리 토모야'가 아니란 말이 된다. 그럼 대체 누구란 말인가?

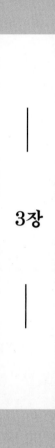

3장

1

"미안하지만 우리 공장에서는 당신 같은 사람을 채용할 수 없어."

고죠 미키히데는 오늘 두 번째로 방문한 '카바시마 공업'에서도 첫 번째 방문 때처럼 퇴짜를 맞고 어금니를 꽉 깨물었다.

"성실해 보이기는 하는데, 우리도 이런 말 하기 좀 뭣하지만, 괜히 전과자하고 엮이면 골치 아파. 이런 작은 공장은 입소문만으로도 쉽게 망할 수 있거든."

그렇다면 면접을 보자고 제안하지도 말지 그랬냐고 반문하고 싶었지만, 목마른 쪽은 자신이라 항의할 수 없었다.

"우리보다 더 큰 공장이 얼마든지 있으니까, 힘내."

공장장이라는 남자는 그렇게 말하면서 빨리 나가라는 듯 출구를 가리켰다. 고죠는 아무 대꾸도 하지 못한 채 자리에서 일어날 수밖에 없었다.

공장을 나가면서 뒤도 돌아보지 않았다. 뒤를 돌아보면 자신이 너무 비참해질 것 같았기 때문이다. 이걸로 여섯 번째 탈락이었다. 각오는 하고 있었지만 이렇게 계속 떨어지니 마음이 심란했다.

고죠는 일주일 전 쿠로바네 교도소에서 가석방을 받았다. 출소 전부터 '미타조노'라는 사회복지사가 와서 출소 이후 전과자의 취업 알선을 해준다고 했지만, 세상은 그리 호락호락하지 않았다. 출소 후 4일째부터 구직 활동을 시작했지만 전부 떨어졌다.

최근의 불경기 속에서 고죠 같은 전과자가 취업을 할 수 있을까.

갑자기 바람이 차갑게 느껴졌다.

어찌 된 영문인지 교도소에 있을 때가 마음은 더 편했다. 고죠는 외투 지퍼를 목 끝까지 올렸다. 외투가 얇아 추위를 거의 막아주지 못해 몸을 움츠렸다.

근처 편의점에서 무언가 따뜻한 것이라도 살까 했지만 주머니 사정을 생각하고 그만두었다. 4만 5천 엔, 이것이 고죠의 전 재산이었다.

오늘 면접도 실패했고 달리 갈 곳도 없었기 때문에 어쩔 수 없이 고죠는 사회복지사인 미타조노의 집으로 돌아왔다.

고죠를 맞이해준 미타조노는 그의 얼굴을 보고 결과

를 눈치챈 모양이었다.

"일단 쉬어. 몸이 피곤하면 좋은 결과가 나오지 않아."

그는 이미 70세가 넘었을 것이다. 첫 만남 때 느낀 그의 상냥한 성격은 일주일이 지나도 달라지지 않았다. 애초에 이런 사람이기에 사회복지사로 일하고 있는지도 몰랐다.

고죠가 거실에 앉자 미타조노가 따뜻한 차를 내주었다. 몸과 마음이 차가운 상태였기 때문에 너무나 고마웠다. 한 모금 마시자 체온이 회복되는 것 같았다.

"카바시마 씨 공장이라면 괜찮을 줄 알았는데…"

정면에 앉은 미타조노가 미안하다는 듯한 표정으로 고죠를 쳐다보았다.

"요즘 어디든 불경기네요."

"그래, 심각하지. 나는 이제까지 남 탓을 해본 적 없이 살았는데, 이렇게까지 경기가 안 좋은 것은 솔직히 정치인들 탓이라고 느껴져."

"이런 불경기 속에서 저 같은 전과자가 쉽게 일을 구할 수 있겠습니까. 저 같은 사람한테는 관심도 없을 겁니다."

"저 같은, 이라니."

미타조노는 드물게 비난하는 말투를 썼다.

"스스로를 비하해서는 안 돼. 전과나 과거의 나쁜 짓을 핑계로 삶을 포기하면 안 되는 거야."

미타조노는 징역 15, 20년 형을 받고 출소한 전과자들을 수두룩하게 보아왔으니, 고죠의 전과 정도는 별것 아니라고 생각할 수도 있다.

"고죠는 성실하니까 반드시 직업을 구할 수 있을 거야. 하지만 징역 받은 것을 떠들고 다니지는 마. 듣자 하니 과거에 저지른 범죄를 마치 무용담처럼 떠벌리는 바보 녀석이 많다고 하는데 바보 같은 짓이야. 그런 이야기를 들은 사람은 겉으로는 웃고 있지만, 혐오감이나 경멸을 숨기고 있어. 지금 자신이 내세울 것이 없다고 해서 예전에 했던 짓을 남들이 하기 어려운 대단한 일처럼 꾸며서는 안 돼. 세상에서 가장 한심한 짓이야."

미타조노의 말은 너무 옳았다. 교도소에서는 전과가 곧 명함이었다. 강도범보다는 사기범, 절도범보다는 살인범을 더 추켜세웠다. 고작 상해죄로 징역 5년 형을 받은 고죠는 수감자 계급표에서 최하위 등급이었다.

"제 전과가 떠벌릴 만한 전과가 아니라는 것 정도는 저도 잘 압니다. 스토커였으니까요."

고조가 자조하듯 말했다. 정면에 앉은 미타조노도 어딘지 모르게 마음이 편치 않은 듯 보였다.

"무례한 질문이지만 하나 물어봐도 되겠나?"

"네, 괜찮습니다."

"대답하고 싶지 않으면 안 해도 돼."

"괜찮다니까요. 미타조노 씨는 제 사회복지사시잖아요."

"자네의 죄목을 살펴본 적이 있었어. 상대 여성에 대한 상해죄라고 되어 있던데, 전치 2주 정도의 상처였다지?"

"그랬죠."

"고작 그 정도 상해로 징역 5년 형을 받은 건 너무 과한 것 아닌가? 물론 피해자 입장은 다를 수도 있지만."

"스토커 규제법 위반죄과 상해죄가 경합되었습니다. 스토커 규제법은 첫 위반 시 경고를 주고 그다음 위반 시에 금지명령이 나옵니다. 저는 그 법을 세 번 위반하고 상대 여성의 집에 들어가 상해를 입혔습니다. 그런 경우에는 상해의 정도가 중한지를 따지지 않았습니다."

"그렇다 해도 법이 과하긴 하군."

"저 같은 녀석이 많기 때문이겠죠. 정말 저만의 착각이었죠. 상대 여성의 마음을 제멋대로 해석하고 제 마음을 순애보라고 생각했으니까요."

"순애보라…. 그러고 보니 그 단어는 고죠보다 우리 세대가 자주 쓰던 말이지."

"일편단심이나 열 번 찍어 안 넘어가는 나무 없다는 식의 자아도취도 있었습니다. 그것이 상대에게 얼마나 혐오스럽고 두려운 행위인지를 전혀 몰랐던 것입니다."

고죠는 자신의 잘못을 웃으며 이야기하는 것이 속죄의 첫걸음이라는 말을 들었다. 그래서 최대한 자신을 광대처럼 비하했다.

"이제라도 알았다면 괜찮아."

"감사합니다. 하지만 아무리 미타조노 씨가 그렇게 이해해주셔도 고용하는 쪽에서는 색안경을 끼고 있는 것 같네요."

3일간 면접을 본 곳은 총 여섯 군데였다. 전부 비슷

한 눈빛으로 자신을 쳐다보았다.

'그 나이를 먹도록 여자 꽁무니만 쫓아다니던 변태.'

'변태는 고칠 수 없어.'

'분명 새로운 직장을 얻어도 그 눈빛은 변하지 않을 거야.'

고죠도 과거 스토커나 변태들을 비하한 적이 있었다. 그러므로 그들을 비난만 할 수도 없는 노릇이었다.

"요즘 세상에 속담으로 위로하는 건 꼰대 같지만 말이야, 인생만사 새옹지마라고 하잖아. 곧 괜찮은 직장을 구할 수 있을 거야."

미타조노는 다시 한번 위로해주었다. 물론 고마웠지만 그렇다고 상황이 바뀌는 것은 아니었다.

"나도 여러 군데 알아볼 테니까 같이 힘내자고."

미타조노는 건배하는 듯한 제스처를 취한 다음 남은 차를 단번에 마셨다. 고죠도 그를 따라 차를 마셨다.

이제 앞으로 그의 집에 머무를 수 있는 시간도 고작 2주뿐이었다. 그 사이에 직장을 구하면 좋겠지만 직장을 구하지 못해도 나가야 했다.

한 치 앞도 보이지 않는 상황에서 고죠가 할 수 있는 일은 미타조노가 소개해준 또 다른 회사에 이력서를 들고 가보는 것뿐이었다.

　그 후 3일 동안 여섯 군데를 더 방문했지만, 결과는 좋지 않았다. 전부 미타조노의 지인들이었음에도 결과는 나빴다.

　앞으로는 일반적인 구직 사이트에서 직접 취업할 회사를 찾는 것도 고려해야 할 것 같았다.

　"이 근처에는 더 이상 없을 것 같습니다."

　고죠가 그렇게 말을 꺼내자, 미타조노는 예상했다는 듯이 고개를 끄덕였다.

　"그래, 내 지인들은 이 주변에 다 몰려 있으니까."

　"이곳에서 좀 벗어나서 면접을 보려고 해요."

　"괜찮겠어?"

　"저를 고용해주는 회사만 있다면 홋카이도나 오키나와라도 갈 거예요. 다만 그때까지만이라도 주소지를 여기로 해주세요."

　"그건 상관없는데, 정말 괜찮겠어?"

　미타조노가 걱정해주었지만 고죠는 이미 결심을 굳혔다. 이곳으로부터 멀리 벗어나려면 교통비나 숙박비가 들겠지만 취업할 수 있는 선택지는 넓어질 것이 분명했다. 이미 부모님들과는 인연이 끊어졌으니 어딜 가도 자신을 구속할 존재는 없었다.

다음 날부터 고죠는 구직사이트를 훑어보기 시작했다. 수도권에는 일자리가 많은 듯해서 나름의 기대감이 생겼다.

하지만 그런 기대감은 산산이 부서졌다. 회사에 이력서를 보내 면접을 보게 되더라도 면접 과정에서는 항상 떨어지고 말았다. 수감 기간이었던 4년의 공백 기간에 대한 지적을 받으면 제대로 대답을 하지 못했고, 결국 교도소에 있었다고 고백하지 않을 수 없었다. 그렇게 되면 마치 서로 약속이라도 한 듯 면접관들은 인상을 찌푸리며 합격 여부를 차후에 통보한다면서 면접을 끝냈다. 그리고 기다려봤자 불합격 통지뿐이었다.

'이번에는 채용하지 않기로 하였습니다.'

'아쉽게도 귀하와 함께하지 못하게 되었습니다.'

'앞으로 건승하기를 기원합니다.'

다른 지역까지 갔다가 다시 미타조노의 집에 돌아오려면 교통비가 들었다. 그래서 일단 PC방에서 숙식을 해결하기로 했다.

합격통지를 기다리고 있자니, 자꾸만 그때 그 사건이

떠올랐다. 그 일만 없었다면 자신의 인생은 달라졌을 것이다. 지금쯤 회사의 중간관리직이 되어 어쩌면 가정을 꾸렸을 수도 있다.

벌써 5년이나 지난 일이었다.

그때 고죠는 완구회사에 다니고 있었다. 입사했을 때는 아이들에게 꿈을 전달하면서 돈을 벌겠다는 포부도 있었다.

그러던 차에 회사에는 '시마다 루이'라는 여성이 입사했다. 단과대학을 졸업한 예의 바른 행동과 매력적인 미소가 돋보이던 21세 여성이었다.

고죠가 그녀의 사수였다. 그녀는 업무에 대해 모르는 점이 많아 갓 태어난 병아리처럼 우왕좌왕했고, 그럴 때마다 고죠가 그녀의 옆에 붙어서 일을 가르쳤다.

루이는 머리가 좋은지 빠르게 영업 노하우를 습득했다. 고죠는 그런 그녀에게 끌렸다. 상사로서의 애정이 이성에 대한 애착으로 바뀌는 데에 그리 오랜 시간이 걸리지 않았다. 언젠가부터 고죠는 루이를 마음에 두고 그녀의 일거수일투족을 감시하게 되었다.

차라리 직설적으로 상사와 부하직원이 아니라 사적으로 만나고 싶다고 고백했다면 상황이 달라졌을 수도 있었다. 하지만 여자를 사귄 경험이 없었던 고죠는 상대방의 의사를 확인하지 않고 망상에 빠졌다.

고죠는 퇴근하는 루이를 미행해 주소를 알아냈다. 그녀의 집에 침입할 의도는 없었다. 그저 그녀가 어디에 사는지 알고 싶었을 뿐이었다.

'고백하지 않아도 루이라면 내 마음을 알 거야.'

그렇지 않으면 자신을 향한 미소와 태도를 설명할 수 없다고 생각했다.

'우리는 서로 사랑하고 있어.'

저녁식사도 함께 한 적이 있었다. 손을 잡거나 어깨동무를 한 것은 아니었지만 식사를 함께해준다면 상대를 허용했다는 뜻이 아니겠는가.

'저녁식사를 몇 번 더 함께 한 다음에, 프로포즈를 하자. 루이도 기다리고 있을 거야.'

고죠는 그렇게 생각했었다.

그리고 프로포즈를 하기 전에 메일로 서로의 마음을 확인해야겠다고 생각했다. 업무 연락을 위해 그녀의 메일 주소를 알고 있었기 때문이다. 그래서 업무 연락만 하던 메일로 점차 사적인 메일을 보내기 시작했다. 처음에는 루이도 답장을 해주었지만 점차 빈도가 줄었다.

'사적인 메일은 곤란합니다.'

어느 날 고죠는 답장을 받고 얼어붙었다.

'뭐지, 갑자기 무슨 일이야?'

서둘러 메일을 보내봤지만 이번에는 수신 거부를 당하고 말았다.

회사에서 마주쳐도 자신을 피하는 듯했다. 상사나 동료들이 있는 곳에서는 이야기를 나눌 수 없어서 답답한 시간을 보냈다.

회사 복도에서 루이를 만났을 때 그녀의 입에서 나온 말은 너무나 충격적이었다.

"저, 사귀는 사람이 있어요."

고죠가 그런 법이 어딨냐며 화를 내자 루이는 황당해했다.

"왜 사적인 일을 회사 사람에게 이야기해야 하죠?"'회사 사람.'

건조한 표현에 심장이 소용돌이쳤다.

"나와 사귀는 거 아니었어?"

"무슨 소리예요? 식사를 몇 번 같이 했을 뿐이잖아요."

루이의 목소리는 딱딱하고 차가웠다.

"더 이상 이상한 메일을 보내시면 고소하겠습니다."

루이는 그렇게 말하고 발걸음을 돌렸다.

고죠는 그 뒷모습을 지켜보기만 할 뿐 말을 걸 수 없었다.

충격이 몰려왔지만 그리 오래가지 않았다.

'지금 이야기는 거짓말일 거야. 일부러 저렇게 말한 거겠지. 나처럼 연애 경험이 없어서 당황한 걸 거야. 저렇게 말했지만 내심 나를 좋아하면서 튕기는 게 아닐까. 그렇다면 지금보다 더 강하게 나가야 해.'

그런 마음에 고죠는 계속 메일을 보냈다. 그녀가 퇴근하면 집까지 쫓아갔다. 메일을 보낼 수 없으니 아예 우편함에 메시지를 적은 쪽지를 넣고 오기도 했다.

어느 날 고죠가 집에 돌아왔을 때 현관에 어떤 남자가 기다리고 있었다.

'설마 정말로 루이의 애인이 찾아왔나.'

그런 생각을 했지만, 남자가 내민 것은 바로 경찰신분증이었다.

"생활안전과에서 나왔습니다. 시마다 루이 씨가 스토킹 피해를 입었다는 신고를 해서요."

고죠는 귀를 의심했다.

관할 경찰서로 동행을 요구받았다. 경찰관의 설명을 들으면서도 루이 본인이 아니라 그녀의 부모님이 신고했을 거라고 생각했다. 루이가 그런 짓을 했을 리 없었다.

"일단 경고는 해드렸으니 시마다 씨에게 메일을 보내거나 미행하거나 편지를 보내는 등의 행위를 하지 말아주세요."

경찰관이 경고장을 내밀며 읽어주었다. 굴욕과 피해 의식으로 마음이 무거워졌다.

다음날 상사가 직원들을 모아놓고 루이가 회사를 그만둔다는 이야기를 했다. 상사는 미리 알고 있었는지 고죠를 보고도 담담했다. 당사자인 루이도 딱히 아쉬워하거나 미련이 있는 것처럼 보이지 않았다.

고죠는 루이가 드디어 자신과의 결혼을 받아들여 전업주부가 되기 위한 준비를 하는 것으로 해석했다. 루이가 그렇게 생각한다면 경찰의 경고장을 무시해도 괜찮을 것이다.

고죠는 은행에서 돈을 인출해 결혼반지를 샀다. 그녀의 손가락 사이즈는 이미 알고 있었다.

고죠는 그녀의 집으로 가 결혼반지를 들고 초인종을 눌렀다.

딩동. 딩동.

딩동. 딩동.

루이는 목욕 중인지 아니면 일찍 잠들었는지 반응이 없었다. 2시간 정도 기다렸지만 진전이 없어 그대로 돌아왔다.

며칠 뒤 고죠는 인터폰 소리에 잠에서 깼다. 밖을 보니 그때 그 경찰관이 또 서 있었다.

"경고를 무시하셨더군요?"

그때와 마찬가지로 경찰서에 함께 가 이번에는 스토킹 금지명령을 받았고, 앞으로 루이와 접촉하면 금지명령 위반으로 1년 이하의 징역 또는 100만 엔 이하의 벌금이 부과된다는 이야기를 들었다.

그제야 고죠는 루이가 자신을 마음에 두고 있지 않다는 것을 처음으로 깨달았다.

'그렇게 서로 좋아했는데. 결혼반지까지 샀는데….'

하지면 여전히 루이의 변심으로 생각했지, 처음부터 루이가 자신을 단 한 번도 좋아한 적이 없다고는 생각하지 않았다. 지금 생각해보면 전부 고죠의 일방적인 망상이었지만, 오히려 망상이었기 때문에 더 배신감을 느꼈다.

화가 난 고죠는 루이가 사는 집 앞에 가서 다시 기다렸다. 길에서 말을 걸면 쉽게 도망칠 수 있기 때문에 그녀가 집에 들어가는 순간을 노릴 생각이었다.

고죠는 일어나자마자 경찰서에 가는 바람에 무단결근 상태였지만 아무래도 상관없었다. 지금은 루이와 담판을 짓는 것이 급선무였다.

밤 9시가 되어도 루이는 나타나지 않았다.

9시 21분에 드디어 루이가 나타났다. 그녀가 잠금장치를 해제하고 집으로 들어가려는 찰나에 고죠가 현관문 틈으로 발을 들이밀었다.

루이는 고죠를 보고 짧게 비명을 질렀다. 사랑하는 사람을 보는 게 아닌 혐오스러워하는 눈빛이었다.

"여기 오지 마세요."

"오지 않을 수 없었어."

고죠는 그 말을 하고서야 자신이 흥분상태임을 깨달았다.

"지금이라도 실수였다고 하면 용서해줄게. 나와 결혼해줘."

"싫어요."

가냘프지만 확고한 말투였다.

"나는 다른 사람과 결혼할 거예요. 당신은 처음부터 그런 대상이 아니었어요."

"지금까지 함께한 시간이 얼마인데 그런 대상이 아니었다니, 이제 와서 그게 무슨 소리야?"

"그건 제가 할 말이에요. 같은 직장에서 일했을 뿐인데 왜 내가 당신과 연인 관계가 되어야 하는데요?"

"받아줘."

고죠는 그녀의 팔을 붙잡고 억지로 반지를 건네주려고 했다.

"반드시 행복하게 해줄 테니까."

그러자 루이의 표정이 일그러졌다. 그녀는 소리치며 팔을 뿌리쳤다. 그 때문에 반지가 허공을 가르며 딸랑하는 소리와 함께 바닥에 떨어졌다.

그 순간 자제력이 한계에 다다랐다.

고죠가 주먹으로 루이의 얼굴을 가격하고 만 것이다.

콰직.

뼈가 으스러지는 감촉이 느껴졌다. 루이는 피를 흘리며 뒤로 넘어졌다.

고죠는 곧바로 정신을 차렸다. 루이가 손으로 얼굴을 감쌌지만 그 사이로 피가 흘러내렸고, 고죠는 멍한 표정으로 그것을 지켜보며 움직이지 못했다.

'아니야, 때릴 생각은 없었어.'

문득 인기척을 느끼고 뒤를 돌아보자 다른 주민이 서 있었는데 그는 고죠와 눈이 마주치자 서둘러 도망쳤다.

몇 분이 흐른 후, 고죠는 출동한 경찰들에게 둘러싸여 현행범으로 체포되었다. 루이는 코가 부러져 전치 2주의 진단을 받았다. 고죠는 유치장에서 그 사실을 들었다.

고죠는 스토커 규제법 위반죄와 상해죄의 실체적 경합법으로 기소되었고, 징역 5년의 판결을 받고 말았다. 국선 변호를 맡은 변호사가 5년이면 짧게 받은 거라고 설득해 고죠는 항소를 포기했고, 그대로 형이 확정되었다.

지금 생각하면 그때의 자신은 너무 유치하고 자기중심적이었다. 루이의 마음을 확인하지 않고 망상에 빠진 채 행동해 그녀를 폭행하기까지 했다. 고죠는 사랑싸움이라 생각했지만 그냥 범죄 행위였던 것이다.

자신의 잘못을 객관적으로 돌아보기 위해 4년이라는 시간 동안 회색 벽과 사투를 벌여야 했다. 냉난방시설이 없는 교도소에서 다른 수감자들에게 조롱을 당하고 나서야 자신의 어리석음을 깨달았다. 많은 깨달음을 준 반성의 복역 생활이었다고 할 수도 있었지만, 그 대신 많은 것을 잃었다.

고죠는 그 기간 동안 얻은 것과 잃은 것을 회상하면서 PC방에서 천천히 잠들었다.

다음 날 아침 구직 사이트에서 얻은 정보를 바탕으로 회사를 방문했다.

고죠는 또 합격 여부를 나중에 알려준다는 말을 듣고 크게 실망하며 회사를 나왔다.

차라리 과거를 버려야 할까. 취업이 안 되는 이유는 고죠 미키히데라는 이름 때문이다. 이름뿐만 아니라 과거까지 버릴 수 있으면 얼마나 좋을까.

그때 한 가지 아이디어가 떠올랐다.

생각하면 생각할수록 매력적인 아이디어였다. 교도소에 있을 때 수감자들이 이야기했던 내용이었다. 어차피 다른 방도도 없으니 시험 삼아 해볼 가치가 있다.

고죠는 아라카와에 있는 카센지키역으로 향했다.

카센지키역에는 여러 종류의 텐트가 설치되어 있었다. 골판지나 파란 텐트가 추위를 얼마나 막아주는지 모르겠지만 노숙자 쉼터를 벽돌로 지을 수는 없었을 것이다.

여기에 있는 사람들은 전부가 손으로 자신의 어깨를 비비고 있었다.

고죠는 주위를 돌아다니며 노숙자들을 관찰했다. 차림새보다 나이가 중요했다. 정확하게는 자신과 비슷한 연령대가 필요했다.

그러던 중 드럼통 안에 손을 내밀고 있는 한 남자를 발견했다. 드럼통은 나뭇가지와 폐잡지 같은 것을 넣어 만든 일종의 모닥불이었다. 드럼통에서는 흰 연기가 피어오르고 있었다.

머리카락이 길고 수염도 제멋대로 길렀지만 얼굴에 주름이 없는 것으로 볼 때, 고죠와 비슷한 연령대처럼 보였다.

"불을 쬐고 계신가요?"

고죠가 다가가자 남자는 경계했다.

"당신, 누구야? 여기서 불을 피우면 안 된다는 것쯤은 나도 알고 있어. 하지만 이 추위에 불이라도 없으면 우린 얼어 죽어."

"저는 경찰이 아닙니다. 저도 같이 좀 불을 쬐도 되나요?"

"뭐라고? 괜히 겁먹었네."

남자는 혀를 차면서도 고죠를 쫓아낼 생각이 없는 듯했다.

"주위를 둘러봐도 당신뿐이네요, 이렇게 불을 쬐는 사람은."

"다른 사람들은 텐트에 들어가 있으니까."

"설마 텐트 안에서 불을 쬐는 건가요?"

"아니야. 저 사람들은 하이테크 기술을 쓰고 있어. 쓰레기장에 버려진 태양광 패널을 주워다가 발전기를 돌려 난방을 하고 있는 셈이지."

듣고 보니 주위에 있는 텐트 윗부분에는 전부 태양광 패널이 있었다. 전기를 훔치는 것이 아니고 불을 피우는 것도 아닌 친환경적인 방법이었다.

"대단한 사람들이지. 난 저렇게 못 하겠더군. 그래서

이렇게 원시적인 방법을 쓰고 있지."

"나름대로 정취가 있잖아요."

"그 대신 오래 못 가."

그는 노숙자지만 이야기하는 것을 좋아하는 모양이었다. 한번 입을 여니 계속 이야기가 이어졌다.

"실례되는 말이지만, 여기는 차림새가 멀쩡한 분들도 있네요?"

"다들 사정이 제각각인데, 그중에는 직업만 구해지면 상황이 좋아질 거라고 생각하는 사람들도 있어. 그래서 여기 살면서도 취업 활동을 열심히 하고 있지. 다리미가 없으면 손으로 눌러서라도 양복이나 바지 주름을 잡아. 저렇게 꼼꼼한 사람들이 왜 이런 곳에 있는지 참 알 수 없는 노릇이야."

"당신은 아닌가요?"

"난 지쳤어."

남자가 처음으로 웃음을 지어 보였다. 어딘지 모르게 의미심장한 미소였지만, 그 표정은 의외로 귀여웠다.

"직장 생활을 하는 것이 어울리는 사람과 어울리지 않는 사람이 있다면 난 후자야."

"자영업을 하셔도 되잖아요?"

"작가를 하고 싶었어. 작가는 밑천도 필요 없고 소설 정도면 나도 쓸 수 있겠다 싶었지."

남자는 과거를 이야기하기 시작했다. 토호쿠에서 자라 18살 때 고향을 뛰쳐나와 여러 곳을 전전하다가 결국에는 도쿄에 있는 자동차 공장에서 일했다고 했다.

"비정규직으로 일하다 보니, 대우가 좋지 않았어. 아마 외국인 노동자들보다 안 좋았을 거야. 어느 날 내가 실수를 했고 그 일로 공장장과 대판 싸운 후에 그냥 나와 버렸어."

"고향에는 안 돌아가세요?"

"시골이라 돌아가도 일할 곳이 없어. 그리고 부모님께 큰소리치고 나왔는데 다시 돌아갈 수도 없더라고."

고죠는 남자의 이야기를 들으며 기대감에 부풀었다. 말 그대로 행운이었다. 자신이 찾던 조건을 지닌 남자였다.

"하지만 취업을 해야지 생활을 바꿀 수 있죠."

"바꾸고 싶지 않아. 나는 일도 잘 못 하고, 사교성도 없는 것 같아. 물론 돈은 필요하지만 말이야."

전형적인 무능력자였다. 공장장과 싸우고 일을 그만두었다는 이야기도 의심스러웠다.

"그래도 잘 살고 계신 것 같은데요?"

"아니야. 벌써 3일이나 굶었어. 밤에는 배고파서 잠도 안 올 지경이야."

"돈이 필요하세요?"

"필요 없는 사람이 있겠나?"

자, 이제 교섭 시작이다.

"저기, 이렇게 만난 것도 인연인데, 저한테 무언가 팔 만한 물건이 있을까요? 뭐든 제가 사드리죠."

"말이야 고마운데…." 남자는 미안하다는 듯이 웃으며 말했다. "이 꼴을 봐. 팔 만한 물건이 있겠나? 있으면 벌써 팔았지."

"호적은 어떠신가요?"

"호적?"

남자의 목소리가 커졌다. 하지만 결코 항의하는 목소리는 아니었다.

"사실 저는 전과자입니다. 그래서 쉽게 취업이 안 되더군요. 그래서 당신의 호적이 필요합니다."

고죠는 출소 이후의 이야기를 들려주었다. 솔직히 이야기해야 이 남자의 동정을 얻을 수 있을 거라는 계산이 깔려 있었다.

"여기 제 전 재산인 3만 엔이 있습니다."

그렇게 말하며 만 엔짜리 지폐 3장을 꺼냈다. 사실 고죠에게는 5천 엔이 더 있었지만 이 정도도 괜찮을 듯싶었다.

"이 돈으로 당신의 호적을 사고 싶습니다."

고죠는 고개를 깊게 숙였다. 얼마 되지 않는 금액이라 나머지 교섭력은 성의로 채울 수밖에 없었다.

"3만 엔이라….."

남자는 3만 엔을 보며 중얼거렸다.

"정말로 당신 취업에 도움이 되는 거야?"

"제가 비록 전과자지만 믿어주세요."

남자를 똑바로 고죠를 쳐다보았다. 불법 거래에서 신용을 논한다는 것이 이상하지만 그래도 상대에게 자신을 믿어야 거래가 성사될 것이다.

남자는 고죠의 얼굴을 쳐다보더니 이윽고 중얼거리듯 말했다.

"당신이 내 호적으로 대포 통장을 만들어서 악용해도 난 책임을 질 수 없다는 건 잘 알지…? 좋아. 3만 엔에 내 호적을 팔지."

남자는 주머니에서 무언가를 꺼냈다. 가죽 지갑이었

지만 완전히 변색되어 원래 색을 알 수도 없는 것이었다.

"자, 이게 주민등록증이야. 그리고 이게 운전면허증이고."

운전면허증은 유효기한이 이미 지난 것이었다. 그래서 남자에게 다시 돌려주었다.

"제가 이 주민등록증을 가지고 주소지를 변경하면 가족들이 이상하게 생각하지 않을까요?"

"괜찮아. 부모님이나 다른 가족도 모두 돌아가셨거든. 어차피 나는 혼자 남은 몸이야."

하나부터 열까지 완벽했다. 고죠는 춤이라도 추고 싶었다.

남자는 3만 엔을 받고 한숨을 쉬며 말했다.

"내 인생이 고작 3만 엔이었단 말인가."

고죠는 그 말을 듣고 가슴이 아팠지만 어떤 말로 위로한들 아무런 소용이 없을 것이었다.

"이만 가볼게요."

"그래, 잘 가라, 나."

뒤를 돌아보니 남자는 그 3만 엔을 지긋이 바라보고 있었다. 동정심이 생겼지만 고죠 또한 누군가를 동정할 처지가 아니었다.

고죠는 이렇게 새로운 이름과 과거를 손에 넣었다.

코타리 토모야, 그것이 고죠의 새로운 이름이었다. 고죠는 새로 산 옷을 소중히 여기듯 계속 그 이름을 반복해서 곱씹었다.

코타리라는 이름을 얻은 고죠는 일주일 뒤에 무사히 '니시무라 정밀'에 취업했다.

2

오늘도 도쿄는 짜증 날 정도로 무더웠다. 코타리는 쉬하오란이 자신을 찾아올까 봐 전전긍긍하며 도금 작업에 열중했다.

히가시라 유노의 양팔이 발견된 지 3일이 지났지만 공장 주변에 배치된 경찰관은 전혀 줄지 않았다. 오히려 처음보다 더 늘어났다. 현장인 '사사키 섬유' 주변은 물론 '니시무라 정밀' 주변까지 경찰들이 배회하고 있었다. 공장 근로자 중에 그들로부터 여러 차례 질문 공세를 당한 사람도 있었다.

경찰의 질문을 받은 사람들에게는 일정한 공통점이 있었다. 튀는 언행과 복장은 금물이었다. 군중 속에 숨어 눈에 띄지 않으면 경찰들은 관심을 두지 않았다.

코타리는 복역하던 시절 무리 속에 숨는 기술을 습득했다. 늘 숨을 죽이고 기척을 없애는 행동을 하다 보니 그것이 아예 습관이 되어버렸다.

그에 반해 쉬하오란은 존재감이 엄청났다. 다른 작업 구역에 있는데도 그의 시선을 느꼈다. 문득 뒤를 돌아보면 반드시 그가 보였다. 자신을 쳐다보는 시선 때문에 코타리는 그를 볼 때마다 심장이 오그라들었다. 쉬하오란은 정말로 코타리를 죽이려고 하는 것 같았다.

경찰서로 달려가고 싶은 마음이 굴뚝같았다. 연쇄살인 사건의 범인을 알고 있으니 신고해야 한다는 야구치의 조언이나 사호리의 주장도 일리가 있었다.

하지만 그럴 수 없었다. 정식으로 증인이 되면 경찰은 코타리의 신원을 조사할 것이다. 그렇게 되면 지금 거짓 호적을 쓰고 있는 전과자라는 점을 들키게 된다. 경찰이 전과자의 증언을 얼마나 믿어줄지 모를뿐더러, 애초에 전과자임이 알려지면 직장도 잃게 된다. 사호리도 자신을 버릴 것이다. 누가 스토킹 전적이 있는 남자를 좋아하겠는가.

모처럼 손에 넣은 평온한 일상을 잃을 수 없었다. 자신의 추악한 과거나 정체를 들키지 않고 평범하게 살고 싶었다.

코타리는 자신이 나서지 않고 쉬하오란이 경찰에 체포되도록 유도해야 했다.

'어떻게 하지?'

코타리의 고민은 깊어져 갔다. 하지만 뾰족한 수가

없었다.

오전 작업이 끝나고 평소처럼 작업장 밖으로 나왔다. 잠시 쉬고 있자, 사호리가 다가왔다. 공장에서 단둘이 대화를 나누는 것은 드문 일이라 조금 놀랐다.

"지금 시간 괜찮아?"

사호리는 주위를 신경 쓰며 조심스레 말을 꺼냈다. 코타리도 싫지는 않았다. 주위를 둘러보았지만 쉬하오란도 없었다.

"난 괜찮은데 사람들 눈이 있는데 너야말로 괜찮겠어?"

"응. 긴급 상황이야."

사호리는 평소와 다르게 겁을 먹은 것 같았다. 이 또한 드문 일이었다. 코타리나 야구치 앞에서 침착함을 잃지 않는 그녀가 지금은 불안한 마음을 드러내고 있다.

"무슨 일 있어?"

"네 생각이 맞았나 봐. 누군가 나를 노리는 것 같아."

저번에 카페에서 했던 이야기의 연장선이었다. 그렇다면 누가 노리는지는 명백했다.

"쉬하오란 말이야?"

"응, 틀림없어. 집에 가는 길에 뒤에서 기척이 느껴져서 돌아보았는데 그 사람이 있었어."

"네가 돌아보니까 반응이 어땠어?"

"갑자기 건물 뒤에 숨었어. 너무 수상하잖아? 의심스럽기 짝이 없었어."

쉬하오란은 무시무시한 상대지만 미행이 능숙하지는 않은 모양이었다. 미행을 눈치챘을 때 느꼈을 사호리의 공포를 상상하니 당장이라도 안아서 위로해주고 싶었다.

하지만 코타리는 사호리에게 먼저 다가갈 수 없었다. 남몰래 데이트했을 때도 사호리가 먼저 손을 내밀었지 결코 코타리가 먼저 손을 내밀지 못했다. 사호리가 자신을 좋아한다고 생각하지만 막상 먼저 나설 용기는 없었다.

코타리가 루이에게 한 짓 때문이었다. 당시 자신의 망상 때문에 그녀에게 상처를 주었고, 자신의 인생도 망가뜨렸다. 사호리가 보여주는 호의도 착각일지 몰랐다. 그래서 내심 그녀와 약간 거리를 두고 있었다.

"혹시 우연히 같은 방향이었던 것은 아니겠지?"

"단순히 우연이라면 그 사람이 숨을 필요가 없잖아."

사호리는 화를 내듯 말했다. 마치 코타리의 짧은 생각을 비난하는 것 같았다.

"마침 공장 주변에 경찰관들이 많잖아. 그들에게 신변 보호를 요청하면 어때?"

"명확한 증거가 없는데 경찰이 보호해주겠어? 넌 몰라서 그렇겠지만 진짜 스토커가 나타나도 명확한 피해신고를 해야 경찰이 나설 수 있대. 물론 피해신고를 해도 경찰이 나서줄지 어떨지도 보장이 없어. 피해신고를 하고도 살해당한 사람이 많다니까."

사실 코타리는 스토킹 피해신고나 그 후의 대응에 대해서 잘 알고 있었다. 하지만 그 말을 할 수는 없었다.

"도와줘."

사호리가 코타리를 쳐다보며 말했다. 진지한 눈빛이 마치 거절을 용납하지 않는 것 같았다.

이렇게 절박해 보이는 사호리의 모습은 처음이었다. 궁지에 몰렸기 때문에 그렇겠지만 난감하기는 코타리도 마찬가지였다.

대답할 때까지 몇 초의 시간이 필요했다.

"어떻게든 해볼게. 하지만 조금만 더 기다려줘. 대책

을 세울 시간이 필요해."

사호리의 표정에 안도감이 피어났다.

코타리 입장에서도 사호리가 자신을 의지해주는 것 같아 기뻤다.

"고마워. 하지만 내가 기다려도 그 사람은 안 기다릴 수 있어."

"오래 걸리지 않을 거야. 반드시 구해줄게."

그 말에 추호의 거짓은 없었다. 사호리가 자신을 의지하고 있음은 명백했다. 만약 그런 그녀를 지키지 못해 그녀가 히가시라 유노처럼 살해당한다면 코타리는 스스로를 용서하지 못할 것이다.

"다행이야."

사호리가 양손으로 깍지를 끼며 코타리의 손을 잡았다.

"너한테 털어놓을 수 있어서 다행이야."

그녀의 손에서 체온이 전해졌다. 오랜만에 느끼는 사랑스러운 감촉이었다.

"이제 슬슬 가볼게."

사호리는 아쉬운 듯 그렇게 말하며 제자리로 돌아갔다.

코타리의 피폐해진 마음에 따뜻한 감정이 채워졌다. 누군가 자신을 의지한다는 게 이렇게 용기를 주는 것일 줄은 몰랐다.

휴식시간이 이제 얼마 남지 않았다. 그 시간 동안 해야 할 일이 산더미 같았다. 코타리는 그늘에 앉아 열심히 머리를 굴리기 시작했다.

퇴근 후 코타리는 야구치를 기숙사로 데려왔다.

"뭐야, 같이 술 마시자는 이야기 아니었어?"

"카페나 술집에서는 말하기 힘든 얘기예요."

"연쇄살인 사건 이야기야?"

야구치는 그제야 이해한 듯했다.

기숙사 벽은 얇았지만 오히려 쉬하오란이 야구치와의 대화를 엿듣는 것도 괜찮겠다고 생각했다. 쉬하오란이 코타리와 야구치가 이미 자신을 경계하고 의심하고 있음을 알면 쉽사리 사호리를 덮치지 못할 것이다.

"이쪽 옆방에 산다고 했지?"

야구치가 203호실 쪽 벽을 가리키며 말했다.

"생각해보면 참 잘 버텼네. 옆방에서 시체 분리쇼를 했다니…, 나라면 하루도 못 버텼을 거야."

"딱히 잘 버틴 것은 아닙니다. 저도 아슬아슬했어요."

"그래서 무슨 이야기를 하고 싶은데?"

코타리는 사호리에게 들은 내용을 전달했다. 처음에는 여유가 있었던 야구치도 그 이야기를 듣고 표정이 굳어졌다.

"그렇군. 심각한 이야기네."

"우리들보다 사호리가 더 심각해요."

"하지만 간단한 해결책이 있잖아. 경찰에 신고하자. 신고를 하면서 네가 본 것을 전부 증언하면 돼. 명확한 목격자가 있으니까 경찰도 바로 움직일 거야. 쉬하오란을 연행해서 조사하면 끝이잖아."

하지만 이미 코타리가 부정적인 표정을 짓고 있어서 그런지 야구치는 비난하는 말투로 말했다.

"설마 아직도 경찰에 신고하면 네가 귀찮아질까 봐 피하려는 것은 아니지? 네 여자친구가 도움을 요청하고 있잖아."

"아니, 그게 말이죠…. 사실 절박한 사정이 있습니다. 그래서 경찰서에 갈 수 없어요."

"그렇다면 그 사정을 이야기해봐. 솔직하게 말하면 내가 어떻게든 도와줄 수도 있어."

야구치는 팔짱을 낀 채 코타리의 말을 기다렸다. 허튼 소리를 하면 바로 자리에서 일어날 기세였다.

진퇴양난이란 말은 바로 이런 상황을 가리키는 말이었다. 자신의 과거를 고백해야 야구치가 협력해줄 것이다. 하지만 반대로 코타리를 멀리하고 도와주지 않을 수도 있었다.

코타리는 야구치라는 지인을 잃기 싫었다. 그는 코타리 토모야로 살면서 알게 된 첫 지인이다. 다시는 이런 자상한 남자를 지인으로 삼을 수 없을 것이다.

그렇지만 코타리 혼자서 사호리를 보호할 수 없었다. 자신을 지키는 것도 힘든 상황인데, 사호리까지 보호할 여력이 없기 때문이었다.

야구치는 여전히 코타리의 말을 기다리고 있었다. 아무래도 오늘은 코타리가 결단을 해야 하는 날인 것 같았다.

자신의 평온한 일상과 사호리의 안전 중 양자택일을 해야 한다면 결론은 하나였다.

"놀라지 말고 들어주세요."

"이제 와서 놀랄 일이 또 있어?"

"사실 저는 전과가 있습니다."

"무면허 운전이라도 했어…?"

"스토킹규제법 위반 및 상해죄입니다."

코타리가 고백하자 야구치는 크게 놀랐다.

막상 말을 꺼내니 그 다음부터는 이야기가 술술 풀렸다. 코타리는 루이와 있었던 과거를 전부 이야기했다. 마지막으로 코타리 토모야가 본명이 아니라는 사실까지 고백하자, 야구치는 다시 한번 놀랐다.

"신분 위조까지 한 거야?"

"그렇게라도 하지 않으면 도저히 취업을 할 수가 없었어요."

사회가 전과자에 대해 얼마나 냉담한지 열심히 설명했다. 인상을 쓰던 야구치도 점차 불쌍하다는 눈빛으로 바뀌어갔다.

"그래, 그렇게 색안경을 끼고 볼 수도 있지. 난 너와 오래 같이 지내서 네가 어떤 녀석인지 알고 있으니 망정이지, 처음부터 그런 이야기를 했으면 나도 거리를 두었을 거야."

"말씀드리지 못해 죄송해요."

코타리는 깊이 고개를 숙였다. 이대로 야구치와의 인연이 끝나지 않기 위해서라면 얼마든지 숙일 각오가

되어 있었다.

"좋아, 네가 경찰서에 못 가는 이유는 알았어. 하지만 상황은 변하지 않아. 설마 나보고 대신 신고하라는 것은 아니지?"

"나름대로 생각을 해 봤어요. 이 방법이면 괜찮을 것 같아요."

"뭔데?"

"현행범으로 신고하는 겁니다. 쉬하오란이 범행을 저지르려는 찰나에 그를 잡아서 넘기는 거죠."

"우리 둘이 쉬하오란을 잡은 후에 나 혼자서 증언하라고? 참 번거로운 방법이네."

야구치는 황당하다는 듯이 말했지만 표정은 나쁘지 않았다.

"구체적으로 어떻게 하자는 거야?"

야구치는 농담하듯 말했다.

하지만 코타리도 묘안이 있는 것은 아니었다. 사호리를 지키고 쉬하오란을 현행범으로 잡는 방법은 몇 가지 방법밖에 없었다.

"간단한 방법이지만 사호리를 경호하면 어떨까요?"

그러자 야구치는 황당하다는 듯이 말했다.

"너무 간단해서 오히려 당황스럽네. 그녀를 지키려면 그렇게 해야겠지만, 그렇다고 쉬하오란을 현행범으로 잡을 수는 없잖아."

"경호라고 해서 딱 붙어서 하자는 것이 아니라 거리를 두고 경호하는 것입니다. 쉬하오란이 그녀를 미행하는 것을 감시하는 거죠."

"사호리 씨를 미끼로 쓰자는 말이야?"

미끼라는 표현은 어감이 좋지 않았지만 틀린 말이 아니니 달리 대꾸할 말이 없었다.

"하지만 사호리 씨가 허락하겠어? 그녀도 바보가 아니야. 자신이 미끼라는 사실을 바로 알아차릴 거야."

"그렇겠죠."

"그렇겠죠, 라니?"

"하지만 쉬하오란을 체포하지 못하면 그녀도 안심할 수 없을 거예요. 그리고 우리 둘이 감시한다면 그렇게 위험하지 않을 겁니다."

야구치는 팔짱을 끼며 생각에 잠긴 듯하다가, 문득 옆방 벽에 귀를 갖다 대었다.

"쉬하오란은 아직 돌아오지 않은 모양이군. 잠깐, 사호리 씨는 지금 괜찮은 거야? 혹시 지금 쉬하오란이…."

"괜찮습니다."

코타리는 일어서려는 야구치를 말리며 큰 소리를 내지 말라는 듯 입술에 손가락을 갖다 대었다.

"지금 그녀는 검사부 여직원들과 회식을 하고 있어요. 밤 10시에 끝난다고 하니 아직 여유가 있습니다."

"사호리 씨가 회식을 가다니 신기한 일도 다 있네."

"참가자 중에 한 명이 결석을 했다고 해요. '시노자키'라는 사람이 무단결근을 하는 바람에 숫자를 맞추기 위해 갔다고 하네요."

"어디서 마시고 있는데?"

공장지대 뒤편 음식점들 중에 프랜차이즈 술집이 있었다. '니시무라 정밀'의 여직원들은 그곳을 단골로 이용하고 있다.

"밤 10시라고 했지? 그런 시간에 그녀 혼자 귀가를 한다면 정말로 쉬하오란이 그녀를 덮칠 수도 있어."

"그래서 오늘부터 경호를 시작하려고 했습니다."

"그렇군. 그래서 오늘 날 부른 거였군."

야구치는 비꼬는 것처럼 말했지만 진심으로 싫어하는 기색은 아니었다. 오히려 이 계획에 동참하고 싶어

하는 것 같았다.

"그럼 당연히 사호리 씨도 이 계획을 알고 있겠지?"

"아뇨, 야구치 선배가 협력해주시면 연락하려고 했습니다."

"뭐야, 그럼 내가 거절할 가능성도 있다고 본 거야?"

야구치는 서운하다는 듯이 말했다.

코타리는 핸드폰을 꺼내 사호리에게 메시지를 보냈다.

돌아온 대답은 예상했던 대답이었다.

'왜 야구치 선배까지 끌어들인 거야?'

가까운 사람을 나쁜 일에 말려들게 하는 것을 원치 않는 사호리다운 반응이었다. 코타리는 바로 변명을 했다.

'어쩌면 네 목숨이 위험할 수도 있는 상황이잖아. 믿을 수 있는 사람에게 도와달라고 하는 편이 나아.'

'적어도 나한테는 먼저 말했어야지.'

'어쨌든 회식이 끝나면 거기로 가서 널 경호할 거야. 끝날 때쯤 연락해줘.'

마지막 메시지는 입을 삐죽 내민 캐릭터 문자였기 때문에 수긍은 못하겠지만 일단 알았다는 의미로 해석했다.

"연락했습니다."

사호리의 승낙을 얻은 후, 둘은 시계를 보며 기다렸다가 기숙사를 나왔다.

그 술집에는 회식 종료 예정 시각 3분 전에 도착했다. 쉬하오란은 보이지 않았다. 코타리와 야구치가 술집 맞은편 골목에서 기다리고 있자 핸드폰이 울렸다.

'계산 끝났어.'

고개를 내밀어 술집 쪽을 보니 낯익은 여직원들이 줄줄이 가게에서 나오고 있었다. 사호리는 마지막에 나왔다.

"사호리 씨, 우리는 2차 가려는데 같이 안 갈래?"

"미안, 내일 일찍 출근해야 해서."

"그래? 아쉽네. 그럼 다음에 같이 가자."

목소리만 들어도 빈말이라는 것을 알 수 있었다. 원래 사호리는 남들과 어울리는 것을 좋아하지 않았다. 2차까지 갈 생각이 없다는 것은 상대방도 잘 알고 있을 것이다.

2차를 가는 여직원들은 큰길 쪽으로 사라졌다. 혼자

남은 사호리는 주위를 두리번두리번 둘러보더니 큰길과 반대쪽 길로 향했다. 사호리가 사는 아파트가 있는 방향이었다.

사호리의 뒷모습이 어둠 속으로 사라지기 전에 코타리가 사호리와 거리를 두고 골목에서 나왔다. 야구치도 그 뒤를 이었다.

"이대로 가면 사호리 씨 집이지?"

"그럴 겁니다."

"그럴 거라니…, 너 사호리 씨 집에 가본 적 없어?"

"없습니다."

"사귀고 있다며?"

"같이 식사하는 정도예요."

"둘이서 식사하는 것은 OK 사인 아니야?"

"그녀의 마음에 확신을 못 갖겠어요."

스토킹 전과가 있다 보니 사호리에게 다가가는 것이 무서웠다.

"하긴 시간을 가질 수밖에 없겠지…. 하지만 그녀가 언제까지 기다릴지는 알 수 없어. 사호리 씨는 좀 별난 성격이지만 그녀를 노리고 있는 놈들도 많아."

작은 목소리로 이렇게 이야기할 수 있는 이유는 사

호리와 약간 거리를 두고 있기 때문이었다. 약 50미터 뒤.

"계속 생각해봤는데…"

야구치가 침묵을 참을 수 없었는지 입을 열었다.

"왜 쉬하오란은 피해자들을 토막 내고 있는 것일까?"

지금까지 한 번도 생각해본 적 없는 의문이었다.

"그냥 사이코 아닐까요? 살인으로 부족해서 토막을 낸 다음 만족하는 것일지도 모르잖아요."

"그런 녀석이 같은 공장을 다니고 있었다니 섬뜩하네."

야구치는 늘 농담처럼 가벼운 말투로 말했다.

"야구치 씨는 직장뿐이니까 괜찮죠. 저는 기숙사에 돌아와도 계속 옆방에 있잖아요."

"그래, 계속 그런 이상한 소리가 들린다고 했었지. 그런데 어떻게 시신을 기숙사로 들여오는 모습은 아무도 목격하지 못한 걸까?"

"기숙사에 사는 직원들은 대체로 힘든 육체 노동자들이니까 일이 끝나면 기숙사로 돌아와서 밥 먹고 씻은 다음에는 곧바로 잠을 자요. 옆방에서 폭죽을 터트려도 못 일어날 정도로 깊은 잠에 빠지죠."

"하지만 너는 일어났잖아?"

원인을 따지면 처음에는 열대야 때문에 눈을 떴다. 이제 와서 후회해도 소용없지만 그때 옆방에서 나는 소리를 눈치채지 못했다면 이런 상황까지 오지 않았을 것이다.

"그런 소리를 들어서 불행하다고 생각해?"

"그렇게 생각하지 않는 사람이 어디 있겠어요?"

"거꾸로 생각해봐. 네가 쉬하오란의 범행을 눈치챘으니까 이렇게 사호리 씨를 지킬 수 있잖아. 그렇지 않았다면 어쩌면 그녀도 살해당했을 수도 있어."

"참 긍정적이시네요…."

"그렇게라도 생각해야 살아갈 수 있는 거야."

출소 이후 세상을 더 부정적으로 보게 된 코타리의 마음과 달리, 야구치의 긍정적 마인드는 감탄스러웠다.

"근데 사호리 씨도 참 대단해. 자신을 노리고 있는 것을 알고도 저렇게 혼자 다닐 수 있다니."

"저와 야구치 선배가 경호하고 있는 것을 알기 때문에 그렇지 않을까요?"

"상대는 연쇄살인범이야. 그 정도로 안심할 수 있다는 것도 대단한 거라고."

공장지대 뒤편은 가로등이 적어 음식점 간판에서 나오는 불빛이 멀어지면서 갑자기 어두워졌다. 50미터 거리로는 사호리를 제대로 인식하기 힘들기 때문에 코타리는 발걸음을 조금 더 빨리했다.

그때였다.

골목 앞쪽에서 누군가가 나타났다. 체격을 보아하니 쉬하오란임이 틀림없었다. 쉬하오란이 지금 나타났다는 사실은 사호리가 이 길을 지나는 것을 미리 알고 기다렸다는 의미가 된다.

코타리는 갑자기 심장이 쿵쾅거렸다. 예상을 했지만 실제 쉬하오란을 목격하니 공포가 몰려왔다.

"정말로 나왔군."

코타리와 달리 야구치는 마치 먹잇감을 발견한 사냥꾼처럼 말했다.

"체력에 자신은 있어?"

"평균은 합니다."

"좋아. 나와 합치면 2명 반이다."

자신을 1.5명으로 계산하는 것이 그다웠다.

쉬하오란은 지금 사호리로부터 20미터 정도 떨어진 곳에서 그녀를 미행하고 있었다.

둘은 코타리의 예상대로 사호리와 쉬하오란의 행동을 동시에 관찰할 수 있었다. 정말로 쉬하오란은 미행에 익숙하지 않은지 사호리와 거리를 잘 맞추지 못했다. 너무 가까워지거나 너무 멀어질 때마다 보폭을 조절하는 바람에 부자연스럽게 보였다. 다행인지 불행인지 주위에 행인이 없어 이를 수상하게 여기는 사람은 없었다.

"반대편에서 오는 사람은 없는 것 같군."

"그러네요."

"어째서 사호리 씨와 거리를 벌리고 있는 거지? 덮칠 생각이라면 거리를 좁히는 것이 상식이잖아."

여성을 공격함에 있어서 상식을 따질 수 없겠지만 야구치의 지적은 틀리지 않았다.

"저 모습을 보면 그렇게 치밀한 성격이 아닌 것 같아."

둘은 쉬하오란이 시호리와의 거리를 언제 좁힐지 숨을 죽이고 지켜보았다.

슬슬 사호리의 아파트에 도착할 무렵이었다.

"전혀 거리를 좁힐 기미를 보이지 않는데?"

"네, 그녀의 아파트에 곧 도착할 것입니다."

오늘은 허탕인가, 그렇게 생각했을 때 야구치의 목소리가 들려왔다.

"그렇다면 지금이 가장 위험한 순간이잖아."

정신이 번쩍 들었다. 야구치의 지적은 정확했다. 어두운 밤길을 경계하며 걷던 사람도 자신의 집이 보이면 안심하게 된다. 범인은 항상 그 순간을 노리기 마련이었다.

"지금부터가 중요하겠군요."

코타리는 더 정신을 집중하여 사호리와 쉬하오란에 주목했다. 마침내 사호리는 아파트 단지로 들어갔다. 그녀의 아파트 1층 현관은 자동잠금장치가 설치되어 있어서, 입구만 통과하면 외부의 침입을 막을 수 있었다.

사호리가 빨리 안전지대로 들어갔으면 하는 마음과 쉬하오란이 행동을 일으켰으면 하는 마음이 교차했다. 사호리와 쉬하오란을 번갈아 지켜보고 있을 때, 아파트 입구 근처에 서 있는 낯익은 사람이 보였다.

쿠도 형사였다.

코타리는 쿠도의 갑작스런 등장에 당황했다. 왜 쿠도가 이 아파트에 있는 것일까. 설마 수사 과정에서 쉬하오란이 사호리를 노린다는 것을 알아차린 걸까.

코타리만 놀란 것이 아니었다. 쉬하오란도 당황했는지 발걸음을 돌려 코타리와 야구치 쪽으로 도망치기 시작했다.

쉬하오란의 갑작스런 방향 전환에도 코타리는 당황할 틈이 없었다. 만약 여기서 야구치와 함께 옆길로 도망친다면 부자연스럽기 그지없을 것이다.

순식간에 쉬하오란이 코타리 앞에 나타났다. 얼굴을 마주할 정도의 거리였다.

쉬하오란이 먼저 입을 열었다.

"안녕하세요, 코타리 씨."

쉬하오란은 아무렇지도 않게 가볍게 인사를 했다. 방금 전까지 코타리가 추적하던 입장이었는데 마치 공수교대를 한 것처럼 여유가 없어졌다.

"둘이서 산책하시나요?"

코타리와 야구치가 미행한 것을 아는지 모르는지 쉬하오란은 능청스럽게 얼굴색 하나 바꾸지 않고 말했다. 오히려 코타리가 바로 대답하지 못했다.

"아, 그래, 산책."

"둘 다 조용한 곳, 좋아하네요."

코타리와 야구치의 미행을 눈치챘다면 이 말은 코타리를 비꼬는 말일 것이다. 순간 짜증이 났지만 화를 내도 의미가 없었다. "아, 우리는 시끄러운 곳을 싫어하거든."

사호리를 노리는 범인을 앞에 두고 우물쭈물하는 것이 한심하게 느껴졌지만, 갑작스런 상황이라 대처하기가 쉽지 않았다.

이럴 때 야구치가 도움이 되었다. 코타리 뒤에서 바로 반격을 가했다.

"그쪽은 무슨 일이야?"

"편의점, 사려고."

"뭘?"

"야식."

"그런 것치고는 빈손인데?"

코타리가 우물쭈물하는 사이 야구치가 가한 반격은 거셌다.

"원하는 것, 없었습니다. 컵라면."

"컵라면이라면 편의점에 얼마든지 있잖아."

"원하는 것은 중국 라면입니다. 일본 라면과 다릅니다. 편의점에 있을 것 같다고 생각했는데…"

변명치고는 나쁘지 않았다. 즉흥적으로 지어낸 이야기라면 대단하다고 생각되어 코타리는 내심 혀를 내둘렀다.

"같이 돌아갈까요?"

이 말에는 야구치조차 황당해했다.

"괜찮아. 우리는 좀 더 산책할 거야."

"안녕히 주무세요."

쉬하오란은 미행이 익숙하지 않아도 둘러대는 것은 잘하는 모양이었다. 쉬하오란은 두 사람을 그 자리에 둔 채 태연하게 혼자 걸어 가버렸다. 남겨진 코타리와 야구치는 그저 멍하니 바라볼 뿐이었다.

"그냥 놓쳐버렸군…."

야구치의 한숨 소리가 들렸다.

"죄송합니다. 갑자기 말을 거는 바람에 당황했어요."

"괜찮아. 그게 일반적인 반응이지. 상대가 한 수 위였다는 뜻이야. 그 녀석 눈썹 하나 까딱하지 않더군. 표정도 전혀 읽을 수 없었어."

"일하는 중에도 항상 저래요."

"일하는 중에는 전혀 신경 쓰지 않았는데 이런 상황에서 마주하니 섬뜩하긴 하군."

그래도 야구치는 멀쩡한 축에 속했다. 코타리는 쉬하오란에 대한 공포와 두려움 때문에 며칠씩이나 수면 부족에 시달렸다.

"쉬하오란을 미행할까요?"

"아니, 우리가 미행했다는 것을 눈치챘으니 오늘 밤은 얌전히 기숙사로 돌아갈 거야. 조금 전 태도를 보니 어쩌면 처음부터 우리의 미행을 알고 있었을 수도 있어."

"알고 있는데도 사호리를 미행했다는 말씀인가요?"

"그럴 가능성이 있다는 말이야. 우리가 자기를 얼마나 의심하고 있는지, 어떤 함정을 파놓았는지 파악하려고 했거나 아니면 들켜도 상관없다고 생각했을지도 몰라."

야구치는 난감하다는 듯 목 뒤를 긁었다.

"어찌되었든 오늘은 우리가 졌어. 그래도 수확은 있었지."

"무슨 뜻이죠?"

"경호가 유효했다는 말이야. 우리가 사호리 씨를 계속 경호하면 쉬하오란이 그녀에게 손을 댈 수 없을 거야."

코라리는 야구치의 긍정적인 마인드에 감탄하지 않을 수 없었다. 무엇이든 부정적으로 보는 자신과는 전혀 달랐다.

"사호리 씨의 안전을 생각하면 사람이 많을수록 좋아. 나를 끌어들인 것은 좋은 선택이었어. 나는 꽤 낙천적인 성격이고 반대로 너는 비관적이고 꼼꼼하지. 우리가 힘을 합치면 천하무적이잖아."

야구치가 그렇게 말하니 근거 있는 이론처럼 들렸다. 낙관적인 사람이 지닌 특성일 것이다.

"그것보다 신경 쓰이는 점이 하나 있는데, 아파트 입구 앞에서 쉬하오란이 갑자기 도망쳤잖아. 이유가 뭘까?"

"아마도 아파트 입구에 형사가 있었기 때문일 거예요."

"아, 그러고 보니 어떤 남자가 있었지. 그게 형사였어?"

"이름은 쿠도이고, 경찰청 수사1과의 형사예요. 저번에도 회사 기숙사를 돌아다니면서 탐문 수사를 했었고, 그때 쉬하오란의 이름을 언급했어요."

"하지만 왜 그 아파트에 있었지? 우리 공장 여직원들

이 많이 사는 곳이잖아."

"공장 직원들과 관련된 모든 구역을 수사하고 있는
것이 아닐까요?"

야구치와 헤어진 후 코타리는 사호리에게 연락을 취
했다. 기숙사에서 걸면 옆방에서 들을 수 있기 때문에
기숙사에 도착하기 전 역 앞에서 미리 전화를 걸었다.

"잘 들어갔어?"

사호리의 반응은 핸드폰 너머로도 느껴질 정도로 퉁
명스러웠다.

"야구치 씨와 함께 경호했잖아. 그럼 내가 입구에 들
어가는 것을 이미 확인했을 거 아냐?"

"그래, 역시 쉬하오란이 네 뒤를 미행했어. 그리고 형
사가 입구에 있던 것도 보았어. 쿠도라는 형사였는데
왜 그 아파트에 있던 거야? 혹시 여직원들한테서 쉬하
오란에 대한 정보를 수집하고 있던 거야?"

"그 형사뿐만 아니라 많은 경찰관들이 왔었어."

"무슨 일 있었어?"

"오늘 회식에 결석한 사람 대신 내가 참가한 거라고
했던 거 기억 나? 그 사람이 검사부 '시노자키 마스미'
인데…"

"설마…?"

"그래. 부모님이 그녀와 연락이 닿지 않아서 경찰에 실종신고를 했대."

"그 아파트에는 우리 공장 여직원들이 많이 살잖아…."

"그래, 시노자키도 여기에 살고 있었어. 지금까지 한 번도 무단결근을 한 적이 없었는데, 3일이나 무단결근을 하니까 오늘 검사부장이 찾아가서 관리회사 담당자와 함께 문을 열고 들어갔더니 아무도 없었대. 그래서 부모님한테 연락을 한 모양이야."

"자세히 알고 있네?"

"쿠도라는 형사가 알려주었어. 비밀로 할 만한 정보도 아니고 어차피 같은 검사부 사람이면 알게 될 내용이니까."

점점 불안이 몰려왔다. 쉬하오란와 같은 공장에 다니는 사람이 실종되었다는 말에 계속 쉬하오란과 연관이 있지 않을까 하는 의심이 들었다.

"지금 네가 무슨 생각을 하고 있는지 다 알아. 시노자키도 그 사건에 휘말렸다고 생각하고 있는 거지?"

"점점 목줄을 죄어 오는 것 같아."

"무슨 말이야?"

"처음에는 카마타의 주택지, 두 번째는 오오이후토의 간척지, 세 번째는 '사사키 섬유'. 시신의 발견 장소가 점점 우리에게 가까워지고 있어. 우리 직원들 중에 희생자가 나와도 전혀 이상하지 않아."

갑자기 사호리가 입을 다물었다.

"괜찮아?"

"그 말을 들으니 좀 무서워지네⋯."

"미안. 겁 줄 생각은 없었어."

"그럴 생각이 없었어도 결과적으로 내가 겁이 나니까 마찬가지잖아."

사호리의 목소리가 작게 떨리고 있었다. 그녀로부터 이런 목소리는 처음 들었기 때문에 당황스러웠다.

"나와 야구치 씨가 계속 널 경호할 거야. 만약 그래도 불안하면 좀 더 사람을⋯."

"아냐. 두 명이면 충분해."

비난에 가까운 말투였다.

"더 이상 다른 사람을 말려들게 하고 싶지 않아. 애초에 범인을 알고 있으니까 나를 지키는 것보다 범인을 잡으면 해결되잖아."

사호리의 주장은 맞는 말이었지만 코타리는 제대로
된 대꾸를 할 수 없었다.

"아직 그 아파트에 경찰관들이 있어? 그럼 그래도 좀
안전하겠네."

"그건 시노자키가 돌아오느냐에 달렸대."

그 말을 들으니, 시노자키가 무사히 돌아왔으면 하는
마음과 시노자키가 돌아오지 않아서 경찰들이 계속
사호리의 아파트에 있었으면 하는 마음이 교차했다.
시노자키의 안전과 사호리의 안전을 저울질한다면 코
타리로서는 솔직히 사호리의 안전 쪽으로 마음이 기
울어졌다.

"어찌되었든 연쇄살인범이 내 옆방에 사니까 작업장
이나 기숙사에서 그 녀석의 일거수일투족을 감시할
게."

"그래, 부탁해."

그 말을 끝으로 둘은 전화를 끊었다.

코타리는 피로를 느끼며 무거운 발걸음으로 기숙사
로 돌아왔다.

집에 도착한 시각은 밤 11시 52분.

쉬하오란은 아직 돌아오지 않은 듯했다.

3

다음 날 아침 코타리는 전화 벨소리에 눈을 떴다. 출근 전에 연락을 할 만한 사람은 몇 명 없었다. 화면을 보니 역시 사호리였다.

"여보세요. 무슨 일 있어?"

"혹시 내가 깨운 거야?"

"괜찮아. 일어나려던 참이었어."

"빨리 전화 끊고 뉴스를 봐. 나쁜 예감이 적중했어."

코타리는 사호리가 무슨 이야기를 하는지 바로 눈치챘다.

"그 검사부 사람?"

"그래…, 제대로 대화한 적이 없었지만 일도 열심히 하고 성실한 사람이었는데…"

길게 이야기해도 괴로울 뿐이라 일단 전화를 끊었다. 코타리는 서둘러 앱으로 인터넷에 접속했다.

찾으려는 기사는 곧바로 나왔다.

'27일, 도쿄 오오타구 오오모리키타 2번지 배수구에서 여성의 시신이 발견되었다. 시신의 상태로 볼 때, 시신의 발견 시점은 사후 이틀 이상 경과한 시점이었으며, 실종 신고가 들어왔던 시노자키 마스미 씨(23)로 판명되었다. 현장 부근에서는 5월부터 여성의 시신 일부가 연속적으로 발견되고 있어 수사본부는 앞선 사건들과의 관련성을 살피고 있다.'

속보인 탓인지 내용이 간결하고 정보도 적었다.

하지만 피해자의 신원이 판명된 것만으로도 충분했다. 코타리의 나쁜 예감은 적중했고, 사호리 근처에 살던 사람이 네 번째 피해자가 되었다.

어젯밤 자신이 했던 말이 떠올랐다.

쉬하오란은 틀림없이 코타리의 목줄을 죄어오고 있었다. 지금까지 그나마 조금 떨어져 있던 손을 이제 코타리 코앞까지 뻗어온 것이다.

코타리는 반사적으로 벽에 다가가 귀를 갖다댔다. 그러자 옆방에서 어떤 소리가 들렸다. 쉬하오란은 코타리가 잠이 든 후에 귀가한 모양이었다.

쉬하오란이 일본어로 된 글을 읽을 수 있을지 모르겠지만, 적어도 아침 뉴스는 보았을 것 같았다.

그것을 봤다면 어떤 표정을 지었을까.

상상만 해도 소름이 돋았다. 코타리는 그와 복도에서

마주치고 싶지 않아 서둘러 옷을 갈아입고 기숙사를 빠져나왔다.

기숙사를 나오자마자 경찰관들의 모습이 보였다. 어제와 달리 연쇄살인범을 추적하고 있는 삼엄한 분위기였다.

그 분위기는 공장에 다가갈수록 짙어졌다. 길에 서 있는 경찰관들의 숫자도 점점 늘어났다.

피해자가 공장 직원이었기 때문에 공장 안에도 형사들이 배치되어 있었다. 작업 구역에 형사들이 있으니 이상한 기분이 들었다.

키스기 작업반장도 떨리는 목소리로 업무 시작 전 조회를 이끌어 나갔다.

"이미 뉴스로 소식을 들은 사람도 있겠지만 우리 회사 검사부에 소속된 시노자키 마스미 씨가 시신으로 발견되었습니다."

대다수는 뉴스를 통해 이미 알고 있어서 딱히 놀라지 않았다. 코타리는 쉬하오란의 표정이 신경 쓰였다. 고개를 돌려 살짝 쳐다보니 역시 담담한 표정이었다.

"시노자키 씨는 입사 이래 공장을 위해 분골쇄신으

로 일해온 '니시무라 정밀'의 자랑이었습니다. 그런 사람을 이렇게 허망하게 떠나보내게 되다니, 참으로 안타깝기 그지없습니다."

키스기는 거창하게 말했지만 그가 검사부 사람들과 친하다는 이야기를 들어본 적이 없었다.

"우리 공장은 최대한 빠른 사건 해결을 위해 경찰과 긴밀히 협력할 방침입니다. 따라서 수사 관계자들이 질문을 할 경우 최대한 협조해주세요."

지루한 훈시가 끝나자 작업이 시작되었다.

코타리는 계속 쉬하오란의 존재가 신경 쓰였다. 어젯밤 미행을 하다가 쉬하오란에게 들키지 않았던가. 게다가 쉬하오란도 사호리를 미행하고 있었다. 그렇다면 이제는 쉬하오란이 코타리를 노리고 있을지도 몰랐다.

특히 도금 공장은 사고를 위장해서 다른 사람을 다치게 만드는 것도 결코 불가능하지 않았다.

언제 코타리를 덮칠까.

언제 코타리에게 나타날까.

코타리는 잠기운 대신 몰려오는 공포에 한순간도 긴장의 끈을 늦출 수 없었다. 그래서 휴식시간이 되자 온몸이 급격히 피로해졌다.

코타리가 잠시 작업 구역 밖으로 나오자, 밖에는 형사들이 기다리고 있었다. 그들이 코타리에게 오기 전에 피하려고 생각했을 때 야구치가 코타리에게 다가왔다.

"지금 시간 괜찮아?"

적절한 타이밍이었다. 야구치와 둘이서 이야기하고 있으면 형사들도 쉽게 말을 걸지 못할 것이다.

"괜찮습니다. 마침 저도 이야기를 나누고 싶었어요."

"나쁜 예감일수록 적중한다니까."

역시 그 이야기인 듯했다.

"시노자키 마스미와 연락이 두절된 시간은 23일 퇴근 이후야. 다음 날부터 무단결근을 했고, 가족들이나 동료들의 메시지도 '읽지 않음' 상태였다고 해."

"그렇다고 하네요."

"사호리 씨한테 들었어?"

"네, 같은 검사부라서 사호리의 정보가 가장 정확할 겁니다."

"이 얘기도 들었어? 검사부에서 시노자키랑 특별히 친했던 남자가 오전 중에 계속 질문 공세를 당하고 있대."

그 이야기는 처음 들었다.

"수사본부는 최근 있었던 일련의 사건과 이 사건이 연관이 있다고 생각하면서도 독립된 사건일 가능성도 염두에 두는 모양이야."

"왜죠?"

"잘 생각해봐. 시신이 훼손되지 않았잖아."

야구치의 설명에 의하면, 시노자키 마스미의 시신은 배수로 안에 들어 있었다고 했다. 아침에 조깅을 하던 초로의 남성이 시신을 발견했는데, 배수로 위로 발가락 같은 것이 보여서 곧바로 신고를 했다고 했다. 이전 사건들과 달리 시신 훼손의 흔적은 없었다.

"이전 사건들은 시신이 토막 나 있었다는 점이 특징이었지. 하지만 시노자키 마스미의 시신은 그렇지 않았어. 수사본부가 신중해지는 것도 당연해."

"그건 그렇고 어디서 그런 정보를 입수하셨나요? 아직 뉴스에도 안 나왔던데."

"내가 발이 좀 넓지."

야구치는 자랑하듯 콧등을 긁었다.

"작업구역뿐만 아니라 검사부에도 아는 사람이 좀 있어. 형사들이 가장 집중해서 수사하는 곳이 검사부니까 당연히 거기서 정보가 나오지."

"그 친했다는 남자는 시노자키란 여성과 사귀던 사이였나요?"

"그렇대. 검사부 내에서는 반쯤 공식 커플이었다는군. 살해당한 사람이 사귀던 상대를 의심하는 것은 일반적이지."

만약 시노자키 마스미를 살해한 범인이 그 남자라면 공장의 삼엄한 분위기가 쉽게 풀릴 것이다. 하지만 그가 범인이 아니고 쉬하오란이 범인이라면 사건은 복잡해질 것이다.

"그 남자 이름은 '쿠와무라'라고 하는데, 검사부 사람들은 그가 무죄라고 생각하고 있어."

"확실한 알리바이가 있나요?"

"자세히는 몰라. 다만, 시노자키 마스미를 죽일 정도로 사이가 나쁘지 않았대. 대놓고 싸웠다면 주위 동료들이 알아차렸을 텐데, 그런 낌새조차 없었다는군."

코타리는 쿠와무라가 범인이 아닐 거라고 생각했다. 여성은 신변의 위협을 느낄 정도로 누군가와 사이가 나빠지면 친한 사람과 상담을 하게 마련이다. 자신의 몸을 지켜야 한다고 생각하기 때문이다. 과거의 뼈아

픈 실패로 얻은 귀중한 교훈이었다.

"어떻게 할래? 경찰한테 쉬하오란 이야기를 해보자. 모처럼 이렇게 가까이 있잖아."

"소용없어요."

코타리는 고개를 저었다.

"일전에 형사가 기숙사에 왔을 때 제가 옆방에서 수상한 소리가 난다고 말했어요. 하지만 제대로 들어주지 않았어요."

"상황이 달라졌잖아. 지금이라면 진지하게 들어줄지도 몰라."

"그리고 제 신분도 조사하려고 하겠죠."

야구치는 코타리의 걱정을 바로 이해하고 한숨을 내쉬었다.

"신분을 들키는 것이 무서워? 하지만 신분 도용이 그렇게 큰 범죄는 아니잖아."

코타리는 남의 신분을 샀을 때 이미 신분 도용이 어떤 죄가 되는지 인터넷으로 조사해 보았다. 신분 도용 자체가 큰 죄는 아니나, 가짜 신분으로 어떤 업무를 하면 민사적으로 손해배상청구를 당하거나 형사적으로 업무방해죄가 될 가능성이 높았다.

"이 회사에 들어올 때 '코타리 토모야'라는 이름을 썼습니다. 공장 측에서 전과자를 고용할 생각이 없었다며 저를 업무방해죄로 고소하면, 전 유죄판결을 받을 가능성이 높습니다."

"전과자라는 이유 때문에 고용하지 않는 것은 시대착오적이잖아?"

"세상은 쉽게 바뀌지 않아요. 그리고 어느 회사건 겉과 속이 다르잖아요. 회사뿐만 아니라 대인 관계도 마찬가지예요. 전과자라는 사실을 알고도 이렇게 친하게 지내주시는 사람은 낙천적인 야구치 씨뿐일 거예요."

"그렇긴 하지만, 그래서야 사건의 해결을 늦출 뿐이잖아."

이기적이라고 비난을 받는다고 해도 거짓 신분으로 얻은 직장과 사호리를 잃고 싶지 않았다. 거짓 없는 솔직한 심경이었다.

"어떻게든 해보겠습니다."

스스로도 참 미덥지 못한 대답이라고 생각했지만 달리 할 말이 없었다.

이제 슬슬 휴식시간이 끝나가자, 야구치와 함께 자리에서 일어나려던 때 갑자기 뒤에서 누군가가 코타리에게 말을 걸었다.

"잠시 시간 되십니까?"

목소리를 듣고 코타리는 깜짝 놀라 대답을 하지 못했다.

뒤를 돌아보니 쿠도 형사가 서 있었다.

"시노자키 마스미 씨 사건으로 수사를 진행하고 있습니다. 협조를 부탁드립니다."

나직한 목소리였지만 거절하지 못하게 하는 힘이 있었다. 코타리는 어쩔 수 없이 발걸음을 멈추었다.

"시노자키 씨를 알고 계시나요?"

쿠도는 코타리를 똑바로 보며 말했다. 강렬한 눈빛이었다.

야구치가 무슨 말을 대신 하려고 했지만, 지금은 코타리가 대답해야 자연스러웠다.

"잘 모릅니다. 저희들은 각자 작업구역에서만 일을 해서 검사부 사람과 딱히 소통한 적이 없습니다."

"호오, 그럼 마주친 적도 없으시겠군요?"

"우연히 마주쳤을 수도 있지만, 적어도 저는 시노자키 마스미 씨를 모릅니다."

"그녀에 대한 소문을 들은 적이 있으신가요? 예를 들

어, 스토킹 피해를 당했다는 소문 말입니다."'스토킹'이
라는 단어에 코타리는 흠칫했다.

'침착하자.'

쿠도가 자신의 전과를 알고 있을 리 없었다.

"들어 본 적 없네요."

"여기 계신 모든 분들게 질문드리고 있는데, 23일 밤
에는 어디서 무엇을 하고 계셨습니까?"

23일 밤이면 퇴근 후 음식점에서 저녁을 먹고 카페
에서 사호리를 만났던 날이었다.

"공장에서 퇴근한 후 단골 음식점에서 식사를 했고,
카페에서 사람을 만났습니다. 기숙사로 돌아온 시간
은 밤 9시쯤입니다."

"누군가와 만나셨다면 그 사람이 증언을 해줄 수 있
겠군요. 누군지 여쭈어도 될까요?"

"그건 이 사건과 관계가 없는 사생활이잖아요."

"관계가 있는지 없는지를 판단하는 것이 저희들 임무
입니다."

숨기면 숨길수록 계속 의심을 받을 것이다.

"검사부에 있는 베츠미야 사호리라는 사람입니다…"

"그렇군요. 조금 전에는 검사부 사람과 소통하지 않

는다고 하셨죠?"

"그 사람은 예외입니다. 아니, 검사부 사람과 만나지 말라는 법이라도 있습니까?" 코타리는 흥분한 듯 약간 언성을 높였다. "쿠도 형사님, 애초에 시노자키 마스미 씨가 몇 시에 살해되었는지에 따라 제 알리바이가 의미가 있겠죠. 그녀는 23일 몇 시에 살해당했습니까?"

"수사 기밀이라 알려드릴 수 없습니다. 최근 몇 개월간 여성의 시신이 연속적으로 발견되고 있습니다. 혹시 수상한 사람을 보지는 못하셨는지요?"

"그거라면 맨 처음에 말씀드렸잖아요."

더 속내를 떠볼 여유도 없어 코타리는 바로 패를 던졌다.

"기숙사 203호실에 살고 있는 기능실습생 쉬하오란 그 녀석이 한밤중에 시신을 해체하는 소리를 냅니다. 쉬하오란이 범인입니다."

"저도 말씀드렸을 텐데요? 증거가 없으면 전부 상상에 지나지 않습니다."

"쉬하오란의 방을 수색하면 반드시 시신을 해체한 흔적이 나올 것입니다."

"정당한 이유 없이 수색을 할 수 없습니다. 특히 그 대상이 외국인일 경우 자칫 잘못하면 국제 분쟁으로 번질 수 있습니다. 물론 당신이 쉬하오란의 범행이나 시신 유기 현장을 직접 목격했다면 이야기가 달라지겠지만요."

쿠도는 코타리를 도발하고 있었다. 코타리가 경찰에 신고했다는 사실을 알고 흔들려는 것이었다.

"증거가 없으면 어떠한 증언도 믿어주지 않는 건가요?"

"반드시 그렇지는 않습니다. 다만, 증거가 없으면 그 말을 쉽게 믿을 수 없는 경우가 대부분이라는 말씀일 뿐입니다."

쿠도는 의미심장한 미소를 지으며 말했다.

코타리는 반론을 해보려고 했지만 적당한 말이 떠오르지 않았다. 코타리가 입을 다물고 있자 야구치가 옆에서 끼어들었다.

"저기, 휴식시간이 끝나서요."

그런 간단한 방법이 있었다.

"죄송합니다, 형사님. 저희들은 업무가 있어 실례하겠습니다."

"저야말로 실례했습니다."

야구치 덕분에 무사히 대화를 마쳤다. 야구치와 함께 쿠도에게서 등을 돌려 작업구역으로 돌아왔다.

하지만 작업구역으로 들어가려는 순간까지도 쿠도의 시선이 계속 느껴졌다.

조금 전의 강렬함에 냉기가 더해진 시선이었다.

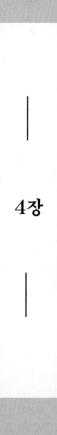

4장

1

"이제 벌써 네 명째야."

키리시마 형사 반장은 형사과에 들어오자마자 쿠도와 카츠라기 형사를 향해 내뱉었다.

"어제 날짜로 오오타구 구청장한테서 사건의 빠른 해결을 부탁한다는 요청이 들어왔다. 지자체장이 직접 경찰에 그런 요청을 하는 경우는 흔치 않아."

바꿔 말하면 외부에서 요청을 할 정도로 경찰이 수사를 잘 못하고 있는 것처럼 보인다는 말이었다.

"아직도 용의자가 좁혀지지 않았나?"

"현재 정보를 확인하고 있는 중입니다."

"그, 신고가 들어왔던 쉬하오란이라는 중국인은 어때? 의심할 만한 점이 발견되었나?"

"카츠라기가 미행하면서 수사를 진행하고 있습니다. 현재로서는 수상한 움직임이 없다고 합니다."

쿠도의 말에 거짓은 없었다. 다만, 쉬하오란을 미행하던 코타리에 대한 의혹이 생겼기에 최근 이틀간은 카츠라기에게 쉬하오란 대신 코타리를 감시하도록 명령

했다.

"네 번째 피해자인 시노자키 마스미는 '니시무라 정밀'의 직원이야. 쉬하오란도 같은 공장에 근무하잖아."

마찬가지로 코타리도 같은 공장에 근무하지만 쿠도는 굳이 그 사실을 언급하지는 않았다.

"연쇄살인범은 목표를 설정하고 이빨을 드러내지. 아무 사냥감이나 노리지 않아."

"그래서 근처에 있던 동료를 노렸다는 건가요? 범죄심리학적으로는 맞습니다만 첫 번째부터 세 번째 피해자는 완전히 다른 지역 사람입니다. 근처에 있는 동료를 살해하고 점차 활동 범위를 넓혀 나갔다면 몰라도 그 반대의 경우는 흔치 않다고 생각합니다."

"언제 연쇄살인마에게 범죄심리학이 통했나? 시신을 토막 내는 수법만 봐도 사이코패스잖아. 범행은 치밀하게 저지를 능력이 있어도 범행의 방향은 종잡을 수 없어."

범행을 종잡을 수 없으니 상식을 버리라는 말도 설득력이 있었다. 하지만 바꿔 말하면 기존의 범죄심리학적 프로파일링 기법을 포기할 정도로 수사본부가 다급해졌다는 의미이기도 했다.

"형사 부장님은 수사관을 증원할 계획이래. 하지만 그건 바람직하지 않아."

수사관을 증원해도 사건이 미궁에 빠지면 수사본부는 물론 담당했던 수사팀에게도 오점이 된다. 현장 지휘자로서는 어떻게든 피하고 싶은 사태였다.

"증원되기 전에 용의자를 좁혀."

일개 수사관에게 내리는 명령치고는 다소 무리한 명령이지만 어쩔 수 없었다.

"해보겠습니다."

키리시마는 그 대답에 만족했는지 고개도 끄덕이지 않고 곧바로 발걸음을 돌렸다.

"괜찮겠습니까, 그렇게 선뜻 대답을 하시고?"

멀어져 가는 상사의 뒷모습을 보던 카츠라기가 창백한 표정으로 쿠도에게 물었다.

"해보겠다고 했지 성과까지 약속하지는 않았어."

"반장님은 그렇게 생각하지 않으실 겁니다."

키리시마와 쿠도의 성격을 모두 잘 알고 있는 카츠라기는 한숨을 내쉬며 말했다.

"그보다 코타리를 미행하다가 쉬하오란을 시노자키 마스미가 사는 아파트에서 발견한 것은 의외였지?"

카츠라기는 코타리를 미행하던 중에 쉬하오란이 그들 앞에 나타났고, 쉬하오란이 네 번째 피해자가 사는 아파트에 갔다가 다시 되돌아가던 중 코타리와 야구치를 만났다고 보고했다.

"네 눈에는 어떻게 보였나?"

"코타리는 야구치와 동행하면서 한 여성의 뒤를 미행하고 있었습니다. 그러다가 쉬하오란을 만나는 바람에 미행을 중단했습니다. 왜 그 여자를 미행했는지를 잘 모르겠습니다."

"그렇군. 코타리는 쉬하오란이 연쇄살인범이라고 주장하던데…."

"쿠도 형사님 생각은 어떤가요?"

"코타리를 처음 만났을 때 쉬하오란을 범인으로 지목한 것이나 익명으로 신고한 것은 그가 모든 죄를 쉬하오란에게 뒤집어씌우기 위함일 수도 있어."

"코타리와 함께 행동한 야구치는 어떻게 생각하세요?"

"그 사람은 코타리에게 속아서 이용당하고 있을지도 몰라."

"코타리가 쉬하오란이 범인이라고 주장하는 이유가

그가 진범이기 때문이라고 생각하세요?"

"그 이유일 가능성이 가장 높지만, 아닐 가능성도 있지. 최근 코타리와 쉬하오란의 관계를 생각해 봤는데, 그냥 외국인 노동자에 대한 내국인의 반감일 수도 있어."

"저도 알고 있습니다. 하지만 처우가 열악한 쪽은 오히려 외국인 노동자 쪽 아닌가요?"

"조사해보니 내국인 직원도 처우가 좋지 않아. 그런데 그렇게 된 원인이 외국인 노동자의 값싼 노동력에 있더라고. 그러다 보니, 외국인 노동자들을 연쇄살인범으로 만들어서 그 울분을 풀려고 하는 것일지도 모르지."

카츠라기는 쉽게 수긍하기 어렵다는 표정이었다.

"그 말씀은 코타리가 진범도 아니면서 그저 외국인에 대한 반감 때문에 쉬하오란을 범인으로 몰아가고 싶어한다는 말씀이시군요? 그럼 코타리를 그렇게까지 의심하시는 이유는 뭡니까? 시노자키 마스미가 살해당한 23일 밤 코타리는 알리바이가 있습니다. 상대 여성이 증언해주었습니다."

코타리가 그날 밤 카페에서 만난 사람은 같은 공장

검사부 소속인 베츠미야 사호리라는 여성이었다. 코타리에게 말하지 않았지만 시노자키 마스미의 사망 추정 시각은 23일 오후 9시에서 11시 사이였다. 카츠라기는 사호리를 만나 코타리의 알리바이를 확인했다.

"베츠미야 사호리와 입을 맞추었을 수도 있어. 가족의 증언이 무의미한 것처럼 사귀는 사람의 말도 완전히 믿을 수 없어."

"사귀는 사람이라…."

카츠라기는 반신반의하며 고개를 갸우뚱했다.

"베츠미야 사호리와 이야기하며 느낀 바는, 친구 이상 연인 이하의 관계로 느껴졌습니다. 물론 제 추측이지만요. 아무튼 베츠미야 사호리의 증언을 믿을 수 없다는 점은 제쳐두고, 그럼 정말로 코타리를 의심하는 이유는 무엇입니까?"

쿠도는 그 말에 일단 입을 다물었다.

운전경력증명서에 첨부된 면허증 사본에 붙어 있던 증명사진이 코타리가 아니었다는 점이 쿠도가 코타리를 의심하는 가장 큰 이유였다.

카츠라기는 뭔가를 갈구하는 눈빛으로 쿠도의 대답을 기다리고 있었다. 사실 파트너에게 무언가를 숨기는 행위는 수사를 방해하는 요소일 뿐이었다.

"실은 말이야…"

쿠도가 면허증의 이야기를 시작하자, 카츠라기의 표정은 흥미진진한 표정에서 믿을 수 없다는 표정으로 바뀌어 갔다. 그러더니 이야기가 끝날 즈음에는 다시 흥미로워하는 표정을 지었다.

"지금까지 저에게 그 사실을 숨겼던 이유를 먼저 알려주세요."

"말할 타이밍이 없었어."

"그렇게 중요한 일을 말인가요?"

"그래. 허탕을 치면 그만큼 진범에게서 멀어지는 거잖아."

"반대로 적중했다면 대박이었겠죠. 혹시 공을 혼자 독점하시려던 거 아녜요?"

카츠라기는 쿠도를 비꼬듯 말하면서도 쿠도의 추리를 지지하는 듯했다.

"면허증에 붙어있던 사진 속 인물은 분명히 코타리가 아니었어. 넌 어떻게 생각해?"

"처음에는 성형을 떠올렸습니다. 얼굴 형태가 달라질 정도로 큰 상처를 입었거나 모종의 이유로 완전히 다른 얼굴이 되고 싶은 경우가 있을 수 있겠죠. 하지만 일반적인 성형수술은 그 정도는 아니고 쌍꺼풀 수술이나 콧대를 세우는 정도 아닐까요? 완전히 다른 얼굴로 성형수술을 했다면 그에 걸맞는 이유가 필요합니다. 지인에게도 사정을 설명해야 하고, 수술비용도 엄청나겠죠."

"네 말이 맞아. 얼굴을 완전히 바꾸려면 수백만 엔 이상이 필요하지."

"코타리 토모야의 재산내역을 볼 때, 그가 고액의 수술비를 지불할 능력이 있다고 보기 힘듭니다. 따라서 성형수술을 했을 가능성은 희박합니다."

감에 의존하는 쿠도와 달리 카츠라기는 논리에 의거해서 가능성을 정리했다.

"성형이 아니라면?"

"다른 사람이라고밖에 생각할 수 없죠. 운전경력증명서가 가짜일 가능성은 높지 않을 테니까요. 우리가 만났던 인물은 코타리 토모야를 사칭한 다른 사람입니다."

"그렇다면 왜 그 이름을 사용하고 있을까?"

"본명을 사용하기에는 어떤 문제가 있기 때문이겠죠.

바꿔 말하면 본명에 남에게 말할 수 없는 과거가 있을 겁니다."

"나도 그렇게 생각해. 녀석에게는 숨기고 싶은 전과가 있을 거야."

"그래서 코타리를 의심하셨던 거군요. 그렇다면 그냥 감이 아니라 제대로 된 추리잖아요."

"증거가 없으면 추리가 아니야. 그냥 감이지."

"전과가 있다면 경찰청 데이터베이스에 등록되어 있을 것입니다."

"나도 조회를 해보려고 했는데 데이터베이스에는 무수히 많은 전과자가 등록되어 있어. 나이와 얼굴 정도밖에 모르기 때문에 코타리 토모야의 얼굴을 찾으려면 며칠 동안 밤낮으로 컴퓨터 앞에서 시간을 보내야 해. 그 사이에 새로운 희생자가 나오면 문제가 심각해져."

"코타리의 지문을 얻어야겠군요."

"본인의 승낙이 없는 지문 채취는 어떠한 경우에도 증거로서 채택될 수 없어. 잘 알잖아?"

"직접 심문을 하면 어떨까요? 면허증 복사본을 들이밀면서 이게 누구냐고 물을 수 있는 확실한 증거가 있잖아요."

"그래봐야 고작 신분 도용이야. 코타리를 체포한다고
해도 살인에 대한 증거가 없으니, 부인하거나 묵비권
을 행사하겠지."

카츠라기는 괴로운 듯 신음을 뱉으며 머리를 긁었다.

"그럼 시노자키 마스미 사건에서 베츠미야 사호리가
코타리의 알리바이를 증언해준 것이 무척 아쉽군요.
아무리 저희가 사귀는 상대의 알리바이 증언을 신뢰
할 수 없다고 해도 검찰은 제3자의 믿을 수 있는 증언
으로 볼 것입니다."

"그 야구치라는 동료가 공범은 아닐까?"

쿠도는 일부러 가능성이 낮은 가설을 꺼냈다. 카츠라
기에게 논리적으로 검증받고 싶었다.

"엽기적인 연쇄살인 사건입니다. 코타리에게 약점이
잡혀 협박을 당하고 있다면 몰라도 쉽게 공범이 되어
줄 만한 범죄가 아니죠."

"하지만 시노자키 마스미 사건만 공범이 행한 범행이
라면 앞뒤가 맞잖아."

"무슨 말씀이시죠?"

"시신이 멀쩡했잖아. 다른 세 명은 시신을 토막 냈는

데, 시노자키 마스미만 서둘러 배수구에 넣은 것 같았어. 숨겼다고 볼 수 있지만 바로 들켰지."

"발견되어도 상관없다는 뜻일까요?"

"어쩌면 시신 처리가 익숙하지 않았을 수도 있어. 아예 살인 자체도 익숙하지 않아서 제대로 처리하지 못한 걸 수도 있을 거야."

"첫 범행이라면 그럴 수도 있겠죠. 다만…."

"뭔데?"

"코타리를 미행하던 중 그가 야구치와 이야기하는 것을 목격했습니다. 딱히 협박하는 분위기가 아니었습니다. 굳이 따지면 야구치가 스스로 협력해주고 있는 것 같았습니다."

쿠도도 카츠라기의 관찰이 맞는 것 같았다.

"시노자키 마스미 사건은 모방범의 범행이 아닐까요? 이렇게 범행 형태가 다른데, 동일범의 소행이라고 치부하는 것은 무리가 있습니다."

시노자키 마스미의 시신이 발견되었을 때부터 모방범일 가능성이 언급되었다. 카마타를 중심으로 한 여성 연쇄살인사건에 누군가가 편승하여 살인을 저질렀다는 충분히 있을 법한 주장이었다.

하지만 무라세 형사 부장은 그 주장에 다음과 같이 반론했다.

"살인사건 현장 주변에는 많은 수사관과 보도 관계자가 모이는 법이다. 주변 주민도 삼엄한 경계를 한다. 이번 사건은 세 번이나 발생하여 카마타의 치안 상태는 거의 계엄령 수준에 가까운 상황이다. 그런 상황에서 제3자가 모방 범죄를 행한다는 것은 리스크가 너무 커. 따라서 아무리 모방 범죄를 저지르고 싶어도 그런 위험한 도박을 하지는 않을 거야."

수사관들도 그 말에 전원 수긍했다.

한편, 시노자키 마스미의 부검 결과, 후두부에 상처가 있었으며 그 상처가 뇌출혈을 일으켰을 것이라고 판명되었다. 상처에는 콘크리트 잔해가 남아 있어 콘크리트가 흉기로 사용되었을 것으로 추측되었다.

시노자키 마스미의 대인관계도 광범위하게 조사했다. 회사 동료는 물론 그녀가 다니던 헬스장 회원들, 메신저로 만난 친구들이나 학생 시절부터 알고 지내온 지인들까지 모두 다 조사 대상이 되었다. 하지만 유력한 정보를 얻지 못했다. 회사에서 퇴근한 저녁 7시 26분 이후 시노자키 마스미와 연락을 나눈 상대는 없었다.

"누군가의 원한을 살 만한 여성이 아니었다고 합니다."

카츠라기는 다른 팀 수사관과도 친해서 수사 회의에서 발표되는 정보보다 더 자세한 내용도 입수했다.

"6년 전에 '니시무라 정밀' 검사부에 입사한 이후 후배를 잘 챙겨주고 직장 내 불만사항을 경영진에 보고하는 역할도 도맡았다고 하네요. 외국인 노동자들의 열악한 환경에도 공감해주었다고 하고요."

"꽤 용기가 있는 아가씨였군."

"그래서 직장 내 평판이 아주 좋았습니다. 같은 여직원들 사이에서도 왕언니로 통하면서, 원한을 살 만한 일은 거의 없었다고 합니다."

뚜렷한 살인 동기를 가질 만한 새로운 사람이 없다면 더욱더 앞서 연쇄살인을 저지른 범인의 소행으로 생각하는 것이 타당했다.

무라세 형사 부장이 주재한 수사 회의에서도 범인을 사이코패스로 추정하고 있었다.

"연쇄살인범도 연쇄살인범 나름의 특성이 있을 겁니다. 단순히 혼자 걷는 여성을 덮치는 것이 아니라 어떤 규칙성이 있지 않을까요?"

카츠라기가 프로파일링 기법에 입각해 말했다.

그 말에 수긍할 수 있었다. 쿠도가 과거 담당했던 엽기적인 사건들도 범인은 나름의 법칙을 가지고 희생자를 골랐다.

쿠도는 4명의 피해자들의 프로필을 각각 검토해보았다. 사는 곳은 오오타구였으며, 전부 여성이고, 전부 나이는 20대 초반에서 후반까지였다.

"카타쿠라 에이미와 히가시라 유노는 장발, 쿠니베 쥰코와 시노자키 마스미는 단발이군. 시노자키 마스미만 키가 크고, 나머지는 키가 작아. 대체 이 4명에 어떤 법칙성이 있다는 말이야?"

카츠라기도 피해자의 증명사진들을 비교해보았지만 이내 한숨을 쉬며 말했다.

"하지만 쿠도 형사님, 범인이 이 사진들을 보고 표적을 정한 것은 아니잖아요."

"무슨 뜻이지?"

"범인이 피해자들과 마주쳤을 때는 사진과 다른 복장이었을 겁니다."

쿠도의 마음속에 지금까지 잠들어 있던 생각이 떠오르기 시작했다.

쿠도는 표적을 정하는 범인 입장에서 다시 생각해보 았다. 본래 그것이 수사의 기본이지만 상대가 사이코패스라고 생각하니 차마 생각하지 않았던 사실을 다시 짚어 보기로 한 것이다.

"피해자가 실종되었을 때 입고 있던 복장을 읽어줘."

"카타쿠라 에이미는 오프숄더 블라우스, 쿠니베 쥰코는 캐미솔, 히가시라 유노는 꽃무늬 셔츠, 마지막 시노자키 마스미는 탱크탑이었습니다. 날씨가 더워서인지 다들 얇게 입었군요."

"히가시라 유노는 셔츠라고 했는데 단추는 어디까지 채웠지?"

"단추요?"

카츠라기는 이상한 걸 다 묻네, 하는 표정으로 자료를 뒤졌다. 히가시라 유노는 부모가 실종 신고를 냈기 때문에 좀 더 자세히 인상착의를 묘사했을 것이다.

"단추까지는 언급하지 않았습니다. 다만, 히가시라 유노가 실종된 8월 15일은 38도 이상을 기록한 무더운 날씨였기 때문에 단추 한두 개 정도 풀었어도 이상하지 않을 겁니다."

"그렇다면 4명에게 공통점이 생기지."

"단순히 얇은 옷을 입었다는 조건은 범위가 너무 넓은데요."

"단순히 얇은 옷이 아니야. 가슴이야. 탱크탑도 캐미솔도 가슴 부분이 드러나지."

카츠라기는 대답이 궁해졌다.

"상대방에게 욕정을 느끼게 하는 복장 때문에 살해당했다는 말씀인가요?"

"아직 확실하지 않아. 피해자들의 신체 사이즈를 조사해봐."

카츠라기는 더 당혹스런 표정을 지었다.

"그런 표정 짓지 마. 4명의 체형이 범인의 취향일 수도 있어."

"범인의 취향이라고 말씀하시니 수긍은 하겠습니다."

"사이코패스들은 변태니까 성적 편향이 강할 수 있잖아."

카츠라기는 고개를 끄덕이더니, 형사과를 나갔다. 4명의 신체 사이즈를 알아보기 위해 가는 것인지는 모르겠지만, 카츠라기라면 뭔가 정답을 가지고 올 것만 같았다.

2

"역시 범인은 다른 요인으로 표적을 정한 게 아닐까요? 4명의 체형은 제각각이었습니다."

"체형상의 아무 공통점도 찾지 못한 거야?"

"네, 그들의 카드 내역을 토대로 살펴본 결과, 그들은 자주 구매한 옷 스타일도 다르고, 신체 사이즈도 달랐습니다. 심지어 연봉에도 차이가 많았습니다. 가장 높은 사람은 쿠니베 준코로 고급 브랜드 옷을 많이 가지고 있었고, 반대로 시노자키 마스미는 인터넷으로 구매한 옷밖에 없었습니다. 회사원, 호스티스, 검사원 등 직업도 제각각이라 4명의 패션에도 공통점을 찾을 수 없었습니다."

"그럼 대체 무엇이 범인의 흥미를 끌었을까?"

기대했던 성과를 얻지 못하자 쿠도는 짜증이 났다. 카츠라기는 자기 탓도 아니면서도 죄송하다는 듯 고개를 숙였다.

답답한 침묵이 이어지고 있을 때 쿠도의 책상 전화가 울렸다. 카츠라기가 수화기를 들어 확인하자 내선전화였다.

"코마츠가와 경찰서 생활안전과에서 쿠도 형사님께 연락이 왔습니다."

"왔군."

쿠도의 입에서는 자신도 모르게 그 말이 튀어나왔다. 쿠도는 잠시 전화 통화를 나눈 다음 카츠라기에게 사정을 설명했다.

"관할 생활안전과에 부탁해두었어. 코타리 토모야라는 이름과 관련된 정보가 있으면 알려달라고."

"왜 생활안전과죠?"

"우리들이 보았던 코타리 토모야가 가짜라면, 당연히 진짜 코타리 토모야도 존재할 거 아니야? 그 말은, 진짜 코타리 토모야가 살아있는 이상 주민등록과는 무관한 생활을 하고 있다는 뜻이 되는 거야. 만약 진짜 토모야가 주민등록증이나 운전면허증을 갱신하기라도 하면 가짜 토모야로서는 자신의 얼굴이나 주소가 진짜 토모야의 그것과 다르다는 것을 단번에 들키기 때문이지."

"네, 그렇겠네요."

"한마디로 말해서 진짜 코타리 토모야는 현재 아무

런 일을 하지 않고 일정한 거주지도 없다는 뜻이야. 그렇다면 그는 노숙자 신세일 거고, 결국 언젠가 생활안전과의 신세를 지게 될 거야."

"그래서 진짜 코타리 토모야를 찾아내신 건가요? 쿠도 형사님의 추리가 정확했군요?"

"빗나간 점도 있네. 진짜 코타리 토모야가 오늘 시신으로 발견되었대."

두 사람이 카센지키에 도착했을 때는 이미 현장 확인이 끝난 후였다.

"코마츠가와 경찰서의 오가타라고 합니다."

쿠도에게 연락을 해주었던 오가타가 두 사람을 맞이했다.

"저는 쿠도라고 합니다. 연락해주셔서 감사합니다. 그럼 곧바로 시신을 확인해도 될까요?"

오가타는 알겠다는 표정을 지으며 현장으로 안내했다. 파란 텐트가 늘어서 있는 길가에 경찰들이 보였다. 다가가 보니 그들은 한 남성의 시신을 둘러싸고 있었다.

상당히 지저분한 시신이었다. 더벅머리에 수염도 제

멋대로 뻗쳐 있고 상반신은 갈비뼈가 보일 정도로 말라 있었다. 거기다 배가 푹 들어가 있어 제대로 된 식생활을 하지 못했다고 쉽게 짐작할 수 있었다. 죽은지 며칠 지나서인지 아니면 원래 몸에서 냄새가 났는지 몰라도 퀴퀴한 냄새가 코를 찔렀다.

"근처 노숙자가 텐트 안에서 차가워진 시신을 발견했답니다."

"사망 원인은 무엇인가요?"

"보시는 대로 영양실조입니다. 외상은 전혀 없고, 주변 사람들이 며칠 동안 텐트 밖으로 나오는 것을 본적이 없다고 하니, 텐트 안에서 쇠약해져 사망했을 것입니다."

"영양실조를 위장한 타살 가능성은 없나요?"

"검시관의 말에 따르면 그런 흔적은 없었다고 합니다. 부검을 해야 할까요?"

검시관이 타살 가능성이 없다고 판단한 이상 쿠도가 나설 상황은 아니었다.

"그런데 오가타 형사님은 어떻게 이 남자가 코타리 토모야라는 사실을 아신 겁니까?"

그러자 오가타는 운전면허증을 내밀었다. 쿠도도 본

적이 있는 코타리 토모야의 운전면허증이었다. 다만, 오가타가 보여준 운전면허증은 쿠도가 본 복사본과 달리, 손때와 세월에 의해 변색된 것이었다.

"운전면허증을 품 안에 소지하고 있어서 시신의 신원을 파악할 수 있었습니다."

그렇다면 가짜 코타리가 갖고 있는 것은 그가 새로 발급받은 면허증일 것이었다.

쿠도는 다시 누워 있는 인물의 얼굴을 운전면허증에 붙어 있는 사진과 대조해보았다. 사진을 찍었을 때보다 많은 시간이 흘렀겠지만, 그래도 같은 사람이 이렇게까지 변하다니 매우 놀라웠다. 아직 30대도 안 된 사람이 마치 70대처럼 보일 정도로 늙고 쇠약했다. 가난과 절망이 사람을 이렇게까지 만들 수 있다는 사실을 새삼 깨달았다.

"시신을 발견한 사람과 이야기를 할 수 있을까요?"

오가타는 바로 그 사람을 데려왔다. 그는 멀쩡한 차림새의 남자로 텐트에서 나오지 않았다면 노숙자라고 생각하지 않았을 것이다.

"쿠우노라고 합니다."

"시신을 발견하셨을 때의 상황을 자세히 알려주세

요."

"특별할 것은 없는데…."

그는 귀찮은 듯이 목 언저리를 긁었다.

"일단 옆에 살고 있기는 한데 거의 말도 안 섞는 사이거든요."

"사이가 좋지 않았나요?"

"아니에요. 원래 이런 데 사는 놈들은 말이죠, 아무리 옆에 살아도 남에게 관심을 주지 않아요. 자기한테 관심을 주는 것도 바라지 않지요. 그래도 일주일씩이나 텐트에서 안 나오니까 걱정은 되었죠. 여름이니까."

"여름과 무슨 관계가 있죠?"

"어이쿠, 이건 우리 노숙자뿐만 아니라 고독사하는 노인들도 마찬가지인데, 생각해 보세요. 혼자 사는 사람은 여름과 겨울에 많이 죽어요. 체력이 떨어지면 더위와 추위에 엄청 약해지거든요. 그래서 잘 있나 싶어 텐트를 들여다보니, 완전히 차가워져 있었던 거죠."

"다른 사람이 텐트에 들어간 적은 없었나요?"

"그 사람은 함께 술을 마실 친구도 없었어요. 그리고 고인에게 할 말은 아니지만…."

그가 잠시 말을 멈추었기에 쿠도는 재촉했다.

"말씀하셔도 됩니다."

"같은 노숙자끼리 남의 옷차림을 지적하기 그렇지만, 코 씨는 말이에요, 누가 봐도 완전한 노숙자 차림을 하고 있었잖아요. 그러니까 친하게 지내기 힘들지요."

"코 씨라고 부르시나보군요?"

"본명이 코타리라고 조금 전에 경찰이 알려줘서 처음 알았어요. 내가 여기 살기 전부터 그렇게 불렀다는군요."

"자신이 그렇게 부르라고 했던 건가요?"

"다른 노숙자가 저한테 했던 말인데, 이런 말을 해도 괜찮나요?"

"알려주시면 감사하죠."

"그 사람이 코 씨한테 본명을 물어본 적이 있는데, 코 씨가 의리 때문에 본명을 사용할 수 없고, 사용할 생각도 없다고 했대요."

"'의리'라니 무슨 뜻이었죠?"

"자기 이름을 팔았대요. 자신의 이름과 호적을 팔았다고 했다는군요. 그래서 자신은 이름 없이 생활해서 이름 없이 죽을 거라고 했대요."

쿠도는 곧바로 카츠라기와 얼굴을 마주보았다. 가짜

코타리가 당당하게 '코타리 토모야'로 생활하고 있는
이유가 지금에서야 밝혀졌다.

"생각해보면 정말 의리가 있어. 아무리 호적을 팔았
어도 여기서 자기 이름을 쓰는 것은 상관없었을 텐데.
하긴 그게 코 씨답지."

그의 말에서 한 가지 이상한 점을 느꼈다. 그는 처음
에 말을 섞지 않았다고 했던 것치고 코 씨에 대해 상
당히 자세한 정보를 알고 있었다.

그것을 지적하자 그는 거짓말을 하다가 들킨 아이처
럼 멋쩍게 웃었다.

"너무 이것저것 캐묻지 말아줘요…. 코 씨도 이대로
조용히 누구에게도 신세를 지지 않고 사라지길 바랐
을 거예요."

"그렇게 자기 자신을 혐오했나요?"

"자신을 소중히 했으면 호적을 팔았겠어요?"

"하지만 본인의 운전면허증을 가지고 있었잖습니
까?"

쿠도가 변색된 운전면허증을 내밀자, 그는 슬픈 표정
으로 코타리의 사진을 보았다.

"자신이 코타리 토모야라는 인간으로 살면서 자동

차를 운전했었다는 단 하나의 증거이기 때문이겠죠. 코 씨처럼 세상을 등진 사람도 무언가 추억은 필요하지 않겠어요? 인간은 결국 추억 덩어리니까…."

쿠도는 수사본부에 돌아오는 길에 한 마디도 하지 않았다. 하지만 카츠라기는 쿠도를 내버려두지 않았다.

"코타리 토모야의 죽음에 뭔가 의구심이 있으신가요?"

"아니."

퉁명스런 대답이었지만 타살 가능성이 없으니 어쩔 수 없었다.

"부검의의 견해가 맞을 거야."

"하지만 기분이 좋지 않으신 것 같습니다."

기분이 안 좋은 것이 당연했다. 사실 쿠도는 화가 났다.

코타리 토모야가 어떻게 노숙자가 되었는지 구체적으로 알 수는 없었다. 하지만 분명한 것은 호적과 이름을 팔아 자신의 존재와 맞바꾼 코타리 토모야의 심정은 참담했을 것이다.

한편, 빈곤의 끝에 팔 수 있는 것도 없던 남자에게 나타나 돈을 흔들며 호적과 이름을 팔라고 한 자는 증오스러웠다. 분명 그 자도 전과 때문에 그랬겠지만 남의 사정을 알고도 그 인생을 거래하려 한 얄팍한 술수에 기분이 더러워졌다.

"제가 한 가지 말씀드려도 될까요?"

카츠라기가 조심스레 말을 꺼냈다.

"뭔데?"

"실은 제 나름대로 쉬하오란에 대해 조사를 해봤습니다. 코타리가 쉬하오란을 범인 취급하는 것에는 뭔가 특별한 이유가 있지 않을까 해서요."

"어떻게 조사한 거야? 쉬하오란은 같은 중국인 노동자와도 친하지 않잖아."

"네, 그래서 쉬하오란이 일본에 오기 전에 어떤 사람인지에 대해 조사해 봤습니다."

쿠도는 처음 듣는 소리라 놀라지 않을 수 없었다.

"죄송합니다. 저 역시 어느 정도 내용이 모이면 보고드리려고 했습니다."

쿠도는 카츠라기를 비난할 수 없었다. 자신도 카츠라기에게 알려주지 않은 사항이 꽤 있기 때문이었다.

"어떻게 조사한 거야?"

"출입국관리국에 확인해 봤어요. 여권에 기재된 사항

뿐입니다만…."

"그래도 쉽게 알아냈네?"

"출입국 심사관 중에 잘 아는 선배가 있어서."

"일단 말해봐."

"쉬하오란은 허난성 출신으로 입국 목적은 기능실습입니다. 엄밀하게 말하자면 정식 취업은 아니죠."

"그야 외국인 노동자들이 대부분 그렇게 신청하잖아. 기능실습은 명목뿐이고, 이를 받아주는 회사는 값싼 노동력을 확보한다는 것이 공공연한 비밀이니까."

"네. 그래서 기능실습 중에 종적을 감추는 외국인이 많다고 합니다. 물론 종적을 감추고 자기 나라로 돌아가는 것이 아니라 국내에 남아 불법체류자로 사는 것이죠. 출입국관리국으로서는 입국 심사에 실패한 것이나 다름없죠. 그래서 아직 명문화되어 있지는 않지만, 출입국 심사관이 외국인 입국자의 집에 개별 방문을 하는 내부 지침이 있답니다.'개별 방문'이라는 단어에 쿠도는 귀가 솔깃했다.

"그렇다면 개별적인 사정도 알고 있다는 거야?"

"만약 실습생이 도주하면 그에 대한 단서를 얻는 것이 목적인데, 물론 공개적으로 발표할 수는 없다고 하네요."

"계속해 봐."

"아무튼 제가 알아낸 정보에 의하면 쉬하오란의 부모님은 소매업을 하고 있고, 차남이라고 해요. 출입국 심사관에 따르면 '허난성'과 '차남'이라는 키워드만으로도 대략적인 가정 환경을 알 수 있대요."

허난성은 최근까지 중국 정부가 빈곤 지역으로 지정한 지역이 많은 곳이고, 중국 정부는 오랫동안 1인 자녀 정책을 추진해왔기 때문에 차남부터는 벌금이 부과될까 두려워 호적에도 올리지 못하는 경우가 다반사라고 했다. 호적에 올리지 않은 아이는 교육도 사회적 보장도 받지 못한다고 했다.

"쉬하오란도 그런 케이스였어요. 실제로 존재하지만 호적상으로는 존재하지 않았던 거죠. 고향에서의 생활도 고달팠을 거예요."

존재하는데도 호적상으로는 존재하지 않는 인간.

쿠도는 문득 죽은 코타리와 쉬하오란의 처지가 비슷하게 느껴졌다.

고향에서 존재를 인정받지도 못한 채 말도 통하지 않는 나라에 도망쳐 와서도 억울한 박해를 받고 있었다.

그렇다면 쉬하오란은 가해자가 아닌 피해자가 아닐까.

쿠도는 코타리 토모야를 사칭하는 남자에 대한 혐오감이 끓어올랐다.

"가짜 코타리의 가면을 벗겨놓겠어!"

쿠도가 조용히 그렇게 선언하자, 카츠라기는 놀라서 쳐다보았다.

"본인의 승낙이 없는 지문 채취는 어떤 경우도 증거로 채택될 수 없다고 말씀하셨잖아요."

"법정에서 채택되고 안 되고는 검찰 문제야. 지금은 어떻게든 그 녀석의 정체를 밝히는 게 중요해. 그걸로 수사가 진전된다면 좋은 일이고, 그렇지 않더라도 신분 도용 사실은 증명할 수 있어. 그러면 죽은 코타리도 편히 눈을 감을 수 있겠지."

3

이제 8월도 끝나 가는데도 여전히 무더위가 이어지고 있었다. "수고했어."

뒤에서 야구치가 따라와 코타리의 등을 두들겼다. 그는 피곤한 코타리가 부주의로 사고를 내지 않도록 계속 지켜봐 주었다.

"이제 사호리를 그만 경호하는 게 어때?"

그날 밤 이후 쉬하오란은 전혀 모습을 보이지 않았다. 이유는 명백했다. 코타리와 야구치가 사호리를 경호한다는 것을 알았기 때문이다. 게다가 공장에서 코타리는 형사들에게 질문 공세를 당했으니, 쉬하오란에 대한 정보를 경찰에 흘렸을 거라고 예상하고 있을 것이다.

하지만 잠시라도 경호를 게을리한 탓에 사호리가 희생된다면 코타리는 평생 자신을 용서할 수 없을 것 같았다.

"아닙니다. 오늘도 하겠습니다. 경호는 지속해야지 의미가 있습니다."

코타리가 갈아입은 옷을 넣고 사물함 문을 닫자, 갑자기 현기증이 느껴졌다. 갑자기 평행감각을 잃고 휘청한 것이었다.

"야!"

야구치가 붙잡아 준 덕에 쓰러지기 직전 정신을 차렸다.

"죄송합니다…."

"죄송할 일이 아니야. 이렇게 휘청대는 게 벌써 몇 번째야?"

"정말 죄송합니다."

"아! 이제 짜증나니까 사과하지 마라."

야구치는 그렇게 혼내면서 코타리를 자리에 앉혔다. 코타리는 바닥에 앉자 점차 감각이 돌아왔다.

"매일 일하느라 녹초가 되는데, 밤마다 경호까지 하고 있으니 체력도 떨어지고 정신도 오락가락하잖아. 지금 넌 무리를 하고 있어."

"야구치 선배도 저와 마찬가지잖아요. 하지만 선배는 멀쩡하니까 그냥 제 체력이 약할 뿐입니다."

"좋은 말로 할 때 하루 정도는 일찍 들어가서 잠을 자. 기숙사가 무섭다면 PC방에서라도 자."

"제가 경호하고 있으니까 쉬하오란이 사호리한테 손도 대지 못하는 겁니다. 제가 한시라도 떨어지면…"

"그럼 더 좋은 방법이 있어."

야구치는 입가에 미소를 띠며 말했다.

"사호리의 아파트나 호텔에서 가서 같이 자는 거야."

갑작스런 제안이지만 놀랍지는 않았다. 야구치라면 언젠가 그런 말을 할 것 같았기 때문이다.

"아예 같은 침대에서 자도 돼. 물론 그럼 더 피곤해질지도 모르지만…"

"오랜만이네요, 그런 농담. 물론 그러면 저야 좋기는 하죠."

"이건 좋고 싫음의 문제가 아니야."

"그럼 뭔데요?"

"사호리가 널 좋아하고 있는지 확인할 수 있는 좋은 기회라는 거지."

야구치가 그렇게 진지하게 말하니 코타리는 살짝 웃지 않을 수 없었다.

"잘 들어. 사호리가 널 사랑하고 있다면 아마 상관없다고 말할 거야."

"죄송해요. 전 과거의 트라우마 때문에 사호리에게

쉽게 다가가질 못하겠어요."

스스로가 한심했지만 어쩔 수 없었다. 사호리와의 거리를 좁히려고 하면, 루이의 겁먹은 표정이 떠올라 가위에 눌린 것처럼 몸이 움직이지 않았다.

"순진한 건지 소심한 건지 모르겠네… 이대로는 사호리보다 네가 먼저 과로와 수면 부족으로 죽겠다."

연일 이어진 수면 부족으로 피폐해진 터라 설득력 있게 들렸다.

"쉬하오란은 젊은 여성만 노렸잖아."

"지금까지는 그랬죠."

"그럼 사호리를 노릴 뿐 적어도 네가 살해당할 우려는 없어."

"그건…."

"너는 그냥 너 혼자 옆방에 신경이 쓰여서 잠을 못 자고 있을 뿐이야. 배부르게 먹고 술 마신 다음에 자 버려도 네가 살해당할 리는 없어."

"전 술에 약하다고 말씀드렸잖아요. 술은 억지로 마실 수 있는 것이 아니에요."

"누군가와 같이 마시면 어떻게든 마실 수 있겠지. 내가 같이 있어 줄게."

야구치는 그렇게 말하더니, 코타리의 팔을 잡고 억지로 일으켜 세웠다.

"하지만 그럼 사호리는…"

"사호리 씨도 같이 마시면 되지."

야구치 고집은 코타리가 꺾을 수 없었다.

검사부를 찾아가자 마침 사호리도 퇴근하려던 참이었다. 그래서 그런지 야구치의 제안에 사호리는 바로 승낙했다.

"불고기 어때?"

사호리는 바로 동의했다.

"불고기 좋아해요. 정력에 좋죠."

코타리는 사호리가 자신을 보며 그렇게 말했기 때문에 자신의 건강을 생각해주는 걸로 생각했다.

불고기는 비싼 편이어서 세 사람의 월급으로 갈 수 있는 가게가 한정적이었다. 평소라면 월급날에만 가는 곳이지만, 야구치가 하루 정도는 괜찮다며 앞장섰다.

오늘은 월급날 직전이라 예상대로 손님이 많지 않았다. 테이블 석이 절반쯤 비어 있었다.

"건배!"

"사호리 씨는 잘 마시네."

"스스로 술을 잘 마신다고 말하는 여자는 헤프다고 손가락질당해요."

"뭐 어때? 회사 사람들 눈치 볼 이유는 없잖아."

"여자 직원들끼리는 여러 가지로 귀찮은 점이 많네요."

야구치는 사호리를 가볍게 쳐다보았다.

"내가 보기에는 너희들 둘 관계도 이제 서로 그만 눈치 보는 게 어때?"

코타리는 그 말을 듣고, 마시던 맥주를 뿜을 뻔했다.

'이 자리에서 사호리와 내가 동거하라는 얘기라도 꺼내려는 건가.'

"코타리 상태 보면 알겠지? 매일 밤 너를 경호하는 바람에 수면 부족으로 작업하는 것도 위험해서 못 봐줄 지경이야."

"저를 지켜주는 것은 고맙지만 그러다 코타리가 쓰러지면 본말전도이긴 하죠."

"그래서 지금부터 나는 사호리 씨의 경호 문제와 코타리의 수면 부족을 동시에 해결할 수 있는 제안을 하려고 해."

"무슨 제안일지 대충 짐작은 가네요…."

"아, 그리고 그 말을 하기 전에 너희들은 서로 사귀는 사이인데도 아직도 그런 것도 안 했다는 것에 좀 놀랐어. 요즘은 고등학생 커플도 그 이상 진도가 나갈 거야."

당황한 코타리가 야구치의 말을 가로막기 전에 사호리가 코타리를 빤히 쳐다보았다. 그 눈빛은 코타리의 우유부단함을 비난하는 것이라기보다 둘만의 사생활을 제삼자에게 말했다는 사실에 화가 난 듯했다.

"저기…." 코타리는 겨우 입을 열었다. "약간 이야기가 이상한 쪽으로 흘러갔는데, 지금 중요한 것은 제 수면시간이 아니라 쉬하오란을 잡는 거잖아요."

"그렇긴 하지. 하지만 그러기 전에 네가 쓰러지면 안 되잖아."

야구치는 그렇게 말하며 추가로 주문한 맥주잔을 들이켰다.

"물론 경찰도 문제야. 모처럼 선량한 시민이 제보를 했는데도 제대로 수사하지 않고 말이야."

사호리도 야구치를 따라 맥주잔을 비워나가며 동조했다.

"그나저나 쉬하오란이라는 사람, 나쁜 사람은 아닌

것 같았는데…. 배신당한 기분이에요." 사호리가 말했다."뭐야, 그 사람이랑 전부터 알고 지냈어?"

"처음 공장에 들어왔을 때 그 사람이 일본어를 배우려고 휴식시간에 일본어 학습지를 읽고 있었어요. 너무 열심히 공부하길래 개인적으로 가르쳐 주었지요. 물론 쉬는 시간뿐이었지만요."

"그런데도 그 은혜를 원수로 갚고 있다는 거야? 점점 더 화가 나네." 야구치가 끼어들었다."공부할 때 정말 성실해 보여서 좀 감동했었는데…. 외국인 노동자에 대한 인식도 좋아지려고 했었고…." 사호리가 덧붙였다.

"아무튼 경찰은 너무 무능해. 그런 확실한 범인을 잡지도 않고."

야구치는 세 번째 맥주잔을 비우고 테이블을 쾅 내려치며 말했다.

"결국 경찰들은 전부 세금 도둑이야."

야구치는 취했는지 목소리가 더 커졌다.

코타리가 그에게 조금 목소리를 낮추라고 말하려던 찰나에 옆에서 낯선 목소리가 끼어들었다.

"이것 참, 아직도 사건을 해결하지 못해 죄송할 따름

입니다. 하지만 약간 변명을 하자면, 저희도 월급에서 세금이 나가고 있어요."

갑자기 나타난 사람은 코타리보다도 젊어 보였다.

"어머, 카츠라기 씨, 어떻게 여기에?"

사호리가 놀란 얼굴로 남자를 쳐다보았다.

"이 사람을 알아?"

"경찰청 수사1과 형사인 카츠라기 씨예요. 시노자키 마스미 사건을 담당하고 있대요."

그렇다면 쿠도와 같은 수사본부 소속일 것이다.

"우리 이야기를 계속 엿듣고 있던 건가요, 카츠라기 씨?"

"엿듣다니요, 말씀이 심합니다. 그렇게 큰 소리로 말씀하시면 가게 구석에 있어도 다 들립니다."

"그럼 왜 이 가게에 있었죠?"

"형사도 밥은 먹고 살아야죠."

카츠라기가 가리키는 곳을 보자, 창가 쪽 테이블에 그릇과 맥주잔이 보였다.

"저도 여러분들처럼 외식을 자주 합니다. 마침 근처를 지나다가 냄새에 이끌려 들어왔습니다. 근데 혼자서 고기를 굽기도 적적한데, 같이 합석해도 될까요?"

코타리와 야구치가 대답하지 못하는 사이 카츠라기
는 곧바로 자신의 테이블로 가서 그릇과 맥주잔을 들
고 왔다.

"역시 불고기는 여럿이서 먹어야 제맛이죠. 여러분들
도 오늘 하루도 수고 많으셨습니다."

카츠라기가 맥주잔을 들자 코타리 일행 셋도 어쩔
수 없이 맥주잔을 들었다. 경계심이 수그러들어서인지
카츠라기는 형사처럼 느껴지지 않았다.

"방금 전 말씀을 들으니 경찰로서 참 부끄럽습니다."

"그런 말씀 마시고 쉬하오란의 방을 수색하면 확실
한 증거가 바로 나올 겁니다." 코타리가 말했다. "사실
법원에서 압수수색 영장을 발부받는 것도 어느 정도
증거가 필요해요."

나쁜 뜻은 없었겠지만 코타리는 그 말에 발끈하지
않을 수 없었다.

"쿠도 형사님도 아무런 증거가 없이 저를 의심하고
있는 것 같던데요?"

"신경 쓰시지 않으셔도 됩니다. 그분이 의심하는 대
상은 코타리 씨만이 아니니까요."

"저를 보는 눈초리가 마치 범죄자를 보는 것 같았어

요."

"원래 사건 관계자를 다 그런 눈빛으로 봅니다."

"정말인가요?"

"네, 차별을 싫어하는 사람이라서요."

"카츠라기 씨는 어떤가요? 저를 의심하시나요?"

"일단 적어도 시신을 토막 내는 사람과 함께 불고기를 먹으려고 하지는 않겠죠."

능청스럽게 말하는 바람에 코타리는 반박할 타이밍을 놓쳤다.

"제가 여러분들 이야기를 들은 결과, 코타리 씨에 대한 체포 영장을 신청할 마음은 들지 않는군요."

"그리 생각해주시니, 일단 감사합니다."

"다만, 그냥 넘어갈 수 없는 점도 있습니다. 사호리 씨가 위험에 처했다면 가까운 경찰서에 신변 보호를 요청해주셨으면 합니다. 민간인들끼리 멋대로 자력구제 하려는 행위는 현명하지 않아요."

세 명 다 고개를 끄덕였다. 신기하게 카츠라기는 거부감이 들지 않게 말을 해서 쉽게 받아들일 수 있었다.

정신을 차리고 보니, 코타리도 카츠라기를 경계하지

않고 그와 이야기를 하고 있었다.

"저기, 손님분들, 이제 슬슬."

여종업원이 그렇게 말해 시계를 보니, 코타리 일행이
온 지도 3시간이 지났다. 야구치는 서둘러 자리에서
일어났다.

"그럼 형사님, 저희는 물러가겠습니다."

"저는 조금만 더 남아있겠습니다. 제가 여러분 것까
지 계산하겠습니다."

"네, 정말요?"

"조금 전에 말씀하셨잖아요, 세금 도둑이라고. 1년에
한 번 나오는 연말정산이라고 생각해주세요. 형사로서
유의미한 이야기도 들었고요."

"카츠라기 씨, 뭘 좀 아시네. 그럼 잘 먹었습니다."

야구치는 적당히 취기가 도는지 거창하게 경례를 하
고 코타리와 사호리의 팔을 잡은 채 가게를 나왔다.

"야구치 씨, 그렇게 서두르지 않으셔도…."

"그래요, 우리도 인사도 제대로 안 했는데…."

"이 녀석들! 둘 다 너무 순진하잖아."

가게에서 나오자마자, 야구치는 신기하게도 멀쩡해졌
다.

"혹시 취한 척하신 건가요?"

"그래. 형사같이 느껴지지 않아도 형사는 형사야. 늘 경계를 해야 해."

"경계라니, 카츠라기 씨도 계속 술만 마셨잖아요."

"몰랐어? 그 녀석이 마시던 술은 논 알코올 맥주였어."

코타리는 자신도 모르게 소리를 지를 뻔했다.

"우연히 같은 가게에 있었지만 정말 우연인지는 아무도 몰라. 우리를 미행하고 있었을 수도 있다고."

"그 모습이 연기였다면 대단하긴 하군요."

대화를 되짚어보면 그런 경향이 있었다.

"그래도 형사에게 해서는 안 될 말을 하지 않은 것은 다행이었지… 젠장, 이래서는 취하지도 못하겠네. 기숙사에 돌아가서 다시 마셔야겠다."

"저라도 괜찮으면 같이 하겠습니다."

"술도 못 마시는 놈이 무슨 소리야? 넌 사호리 씨를 아파트까지 데려다줘. 그게 네 임무잖아."

"야구치 씨는 같이 안 가시나요?"

"난 커플과 동행할 정도로 한가하지 않아. 그럼 잘 가."

뒤로 돌아선 야구치는 손을 흔들고 가버렸다.

코타리는 그렇게 사호리와 둘만 남겨졌다.

"저기…."

사호리가 말을 걸었다.

"수면 부족 상태잖아. 내 아파트에서라면 아침까지 마음 편히 잘 수 있을 거야."

여성에 대한 공포는 피로와 취기로 마비되었다. 코타리는 순순히 사호리의 아파트에 따라갔다.

사호리의 집은 잘 정리되어 있었다. 딱히 장식품은 없었지만 커튼이나 카펫 같은 것이 화려해 남자들만 사는 기숙사와 전혀 달랐다.

"빨리 자고 싶으면 먼저 씻어도 돼."

코타리가 욕실에 들어가 보니 욕실도 잘 청소되어 있었다.

바닥에는 사호리 것으로 추정되는 머리카락이 한 올 있는 것을 보니, 문득 가슴이 두근거렸다. 갑자기 취기가 사라졌고 지금 자신이 사호리의 집에 있다는 사실을 실감했다.

수건에도 사호리의 향수 냄새가 남아있었다. 피곤해도 몸 안에 있는 남자의 본능은 살아있는 듯했다.

"먼저 자도 돼. 근데 침대가 조금 좁아도 참아."

그 말을 남기고 사호리는 욕실로 사라졌다.

코타리는 자신의 하반신을 보고 한숨을 쉬었다. 수면욕과 성욕이 동시에 몰려오니, 어느 쪽을 골라야 할지 난감했다.

잠시 후, 욕실에서 드라이어 소리가 났다. 단조로운 백색 소음과 부드러운 이불이 수면욕을 자극했다.

목욕을 마친 사호리는 고혹적이었다. 얇은 잠옷과 치약 냄새. 방금 전까지 몰려왔던 코타리의 수면욕이 싹 사라져버렸다.

"나도 피곤하네."

사호리는 그렇게 말하더니, 코타리 옆에 누웠다. 다만 코타리에게서 등을 돌린 채 누웠다.

코타리는 손을 뻗으면 그녀를 만질 수 있었다. 하지만 그것조차 주저했다.

문득 코타리는 사호리에 대해 아는 것이 거의 없다는 사실이 떠올랐다.

"왜 그래?"

"아니…, 이제 와서 생각해보니 나는 너에 대해 아는 게 별로 없네."

"매일 얼굴을 보잖아. 성격이라면 대충 알지 않아?"

하지만 그것뿐이다.

"전 직장에서도 지금과 비슷한 일을 했다고도 했고."

하지만 왜 이직했는지는 듣지 못했다.

사호리는 어디서 태어났을까.

부모님은 어떤 분들이고 현재 살아계실까.

과거에 어떤 남자와 사귀었을까.

"과거는 아무래도 좋다고 생각해. 그래서 네 과거도 묻지 않았잖아."

코타리는 사호리가 자신의 마음속을 꿰뚫어 본 것 같아서 당황스러웠다.

그랬다. 사호리는 코타리의 과거에 대해 한 번도 묻지 않았다. 그것이 얼마나 고맙고 두려웠던가.

코타리는 이렇게 같은 침대에 누워있어도 자신의 과거를 고백할 수 없었다. 그런데도 사호리의 과거를 궁금해하는 것은 비겁한 행위라고 느껴졌다.

"저기, 코타리."

등을 돌리고 누워있었지만 목소리가 촉촉이 젖어있는 것이 느껴졌다.

"나랑 하고 싶으면 해도 돼. 그 대신 뒤로 해. 앞을 보이고 싶지는 않아."

"왜?"

"가슴에 자신이 없어."

"알았어…"

사호리가 손을 뻗어 조명을 껐다.

어둠 속에서 코타리는 사호리의 잠옷를 벗겼다. 점차
어둠에 익숙해지는 눈에 사호리의 알몸이 보였다.

하얗고 가냘픈 등이었다.

4

수사본부에서 숙식을 하게 되면 관할 경찰서에서 도시락을 준비해 주게 되어 있었다. 다만, 음식점 도시락이 아닌 값싼 편의점 도시락이었다.

쿠도가 도시락을 먹고 있을 때 카츠라기가 돌아왔다.

"지금 복귀했습니다."

"그래, 수고했어."

카츠라기 몸에서 불고기 냄새가 났다.

"이봐, 너무 좋은 냄새가 나잖아."

"어쩔 수 없잖아요. 그 사람들이 들어간 가게가 그런 가게였으니까요. 애초에 그들과 동석하라고 말씀하신 건 쿠도 형사님이었고요."

"목표한 물건은 제대로 가져왔겠지?"

"세 명의 지문이 묻은 맥주잔을 지금 과학수사팀에 맡기고 오는 길입니다."

"코타리 토모야 것만 가져오기로 하지 않았나?"

"모처럼 얻은 기회였으니까요."

맥주잔에 묻은 지문은 당연히 본인의 승낙을 얻지

않은 것이므로 법정에서 형사 사건의 증거로 채택될 수 없다. 하지만 코타리의 정체를 밝히는 경우에는 유효하다. 범행현장이나 시신에서 발견된 지문 중 그의 지문이 있다면 바로 임의동행을 요구할 수 있다. 그리고 심문 단계에서 자백을 받고 동의하에 다시 지문을 채취하면 된다.

"그들이 무슨 이야기를 하고 있었지?"

"수사본부가 아직도 범인을 체포하지 못한 이유는 자신들의 제보를 제대로 받아주지 않았기 때문이라고 하더군요. 그리고 경찰은 세금 도둑이라는 이야기도 있었습니다."

"그런 이야기를 하는 도중에 잘도 끼어들었네."

"그런 이야기를 하는 도중이니까 끼어들 수 있었죠. 악담을 하던 중에 그 장본인이 나타나서 동석을 요구하면 차마 거절하지 못할 테니까요."

"호오, 머리를 잘 썼군. 그냥 순진한 녀석인 줄로만 알았는데…."

"말씀이 심하십니다."

"그 후에는 그냥 평범한 이야기만 했나?"

"야구치 씨가 필사적으로 말을 돌리더군요. 계속 맥

주를 마시면서 술에 취한 척했지만 아마 전혀 취하지
않았을 겁니다."

야구치는 코타리를 보호하려고 했다."쉬하오란 이야
기도 나왔어?"

"네, 그가 '니시무라 정밀'에 처음 입사했을 때의 에
피소드를 들었습니다."

카츠라기의 이야기에 의하면, 쉬하오란이 입사했을
때 사호리가 그의 일본어 공부를 도와줬다고 했다.

"은혜를 원수로 갚았다며 야구치 씨가 분개하더군
요."

"당사자인 사호리는 뭐라고 했나?"

"배신당한 것 같다고 말했습니다. 쉬하오란을 위해
귀중한 휴식시간을 쓴 그녀로서는 당연한 이야기겠
죠."

카츠라기의 말투에서 쉬하오란에 대한 혐오감이 느
껴졌다.

"무언가 추가적인 단서를 얻었나?"

"오늘 그 입국 심사관에게 얻은 정보입니다만 어느
중국 지방 도시에서 그가 불미스러운 사건을 일으킨
적이 있었다고 합니다."

"계속해 봐."

"저기, 괜찮을까요? 식사 중에 드릴 말씀은 아닙니다만…."

"불고기 가게에서 토막 살인사건 이야기를 하는 일반 시민들에게 우리가 질 수 없잖아."

"허난성 허비시에는 욱촌이라는 빈곤한 마을이 있습니다. 이 마을에서 재작년 2월부터 3월에 걸쳐 3명의 여성이 살해당했습니다. 전부 20대부터 40대까지의 여성으로 욱촌 주민이었습니다."

"시골에서 발생한 연쇄살인 사건이군."

"문제는 피해자 3명의 시신이 토막나 있었다는 사실입니다."

쿠도는 자신도 모르게 젓가락이 멈추었다.

"어느 날 갑자기 피해자가 집에 돌아오지 않아 가족이나 주변 지인들이 찾아보니 밭두렁이나 쓰레기장에서 신체 일부가 발견된 거죠. 그런데 머리 부위가 발견되지 않아서 피해자 신원을 파악하기 어려웠다고 합니다."

"이봐, 그건…."

쿠도가 말을 자르려고 했지만 카츠라기는 멈추지 않

왔다.

"피해자 신원을 파악할 수 없었고 중국 지방경찰의 수사 능력도 좋지 않아서 억울한 용의자만 양산하고 말았죠. 그러다 보니 제2, 제3의 피해자가 발생했고, 수사는 미궁에 빠졌다고 합니다."

"어디서 들어본 이야기로군."

"결국 유력한 단서나 용의자를 찾지 못하고 사건은 미제로 남아 있다고 해요."

"그런데 그 사건과 쉬하오란이 무슨 관계가 있나? 토막살인의 범행 형태가 오오타구의 사건과 비슷하다는 것은 인정하지."

"쉬하오란은 그 육촌 출신입니다."

"뭐라고?"

"세 번째 살인사건이 드러난 직후에 그가 일본으로 건너왔습니다."

그제야 카츠라기가 쉬하오란을 의심하는 이유를 이해했다.

"일본에 건너온 연쇄살인범이라, 정말 의심스럽군."

"가능성을 부정할 수 없습니다. 중국 수사당국의 협조를 얻을 수 있으면 좋을 텐데…"

"국가 간의 자존심이 걸린 문제라 쉽지 않을 거야."

쿠도는 카츠라기와 함께 아쉽다는 듯이 내심 혀를 찼다.

"통역인을 데리고 현지에 가보고 싶은 심정입니다."

"솔직히 신청해도 기각당하겠지. 아직 용의자도 아닌 외국인 때문에 외국에 나가겠다는 경비를 부담해주지는 않을 거야."

"그렇겠죠."

카츠라기는 포기했다는 표정으로 고개를 저었다.

"무언가 돌파구라도 찾으면 좋겠네요."

그런데 돌파구는 의외로 쉽게 발견되었다.

다음 날 아침 수면실에서 나온 쿠도는 복도를 걷던 중 카츠라기에게 붙잡혔다.

"나왔습니다, 쿠도 선배님. 코타리의 지문이 전과자 중 한 명과 일치했습니다."

여기서 코타리란 노숙자 코타리로부터 호적을 산 가짜 코타리를 뜻했다.

"고죠 미키히데라는 사람인데, 지금으로부터 7년 전에 스토킹 규제법 위반죄와 상해죄로 징역 4년 형을 선고받았습니다."

쿠도가 확실한 사실이냐고 묻기도 전에 카츠라기가 먼저 인쇄된 얼굴 사진을 내밀었다.

"체포 당시의 사진입니다."

쿠도는 그 사진을 보았다.

7년이나 지났지만 사진 속 인물은 틀림없이 '니시무라 정밀'에서 근무하는 코타리 토모야를 자칭하는 사람의 얼굴이었다.

"어떻게 생각해?"

"틀림없습니다. 어젯밤 맥주잔을 깔짝깔짝 마시던 인물입니다."

"그건 됐고, 스토킹 규제법 위반죄와 상해죄라니."

"당시 부하 직원이었던 '시마다 루이'라는 여성에게 일방적으로 호의를 표했고, 스토킹 행위 끝에 그녀의 집에 쳐들어가 폭행을 범해 출동한 경찰에 의해 현행범으로 체포되었다고 합니다."

"교도소에 수감되어 갱생하는 녀석이 있는 반면, 출소하자마자 다시 범죄를 일으켜 다시 교도소로 돌아가는 녀석도 있지. 과연 그 녀석은 어느 쪽일까?"

그렇게 의문을 제기하면서도 쿠도의 생각은 이미 정

해져 있었다. 고죠의 출소 시기와 코타리 토모야가 '니시무라 정밀'에 입사한 시기는 비슷했다. 이는 고죠가 출소하자마자 코타리 토모야의 호적을 샀다는 것을 의미했다.

출소하자마자 남의 호적을 빼앗은 놈이다. 보나 마나 제대로 된 인간이 아닐 것이다.

"전과의 내용이 스토킹 규제법 위반죄와 상해죄라면 그 연장선에서 살인을 저질러도 전혀 이상하지 않아. 물론 속단은 금물이겠지만."

쿠도는 그렇게 말하면서도 이미 속단하고 있었다. 과거에 쿠도가 접한 흉악범의 절반이 재범이었다는 사실을 토대로 추리를 확신으로 바꾸고 있었다.

"출소 후에는 재범 기록이 없으며, 주소는 '미타조노'라는 사회복지사 집으로 되어 있었습니다."

"그 사람한테 바로 연락해 봐. 출소 후 고죠의 행동을 파악할 필요가 있어."

"쉬하오란은 어떻게 할까요?"

문제는 그것이었다.

쿠도는 내색하지 않았지만 고민에 빠졌다. 어젯밤 그의 출신지에서 일어난 토막 살인사건을 듣고 쉬하오란을 의심했지만, 코타리의 정체가 드러나니 고죠가 쉬하오란보다 더 의심스러웠다.

그때 카츠라기가 쿠도를 보며 말했다.

"어째서 고죠는 타인의 호적이 필요했던 걸까요?"

"전과 때문이겠지. 새로운 생활을 손에 넣고 싶었을 거야. 아마 그 이유가 맞을 거야."

"제 생각에 고죠와 쉬하오란은 비슷한 존재가 아닐까 생각합니다."

쿠도는 죽은 코타리 토모야와 쉬하오란을 겹쳐보았기 때문에 카츠라기의 말이 신선한 시각으로 느껴졌다.

"타인의 신분을 사서 과거로부터 도망치고 싶었던 고죠 미키히데와 처음부터 호적상의 신분 없어 새로운 삶을 위해 일본으로 건너온 쉬하오란. 두 사람이 마치 거울에 비친 한 인간처럼 느껴지네요."

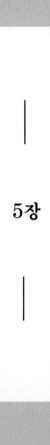

5장

1

 다음 날 아침 코타리는 사호리보다 먼저 그녀의 아파
트를 나섰다.

 오늘 아침도 무더웠고 출근하는 사람들의 행렬도 변
함없이 많았다. 사호리와 함께 하룻밤을 보낸 후에도
딱히 세상이 바뀌지는 않았다. 오늘도 어제와 마찬가
지였고, 내일도 오늘과 같을 것이다.

 그래도 코타리는 마음가짐을 새롭게 가졌다. 물론 이
제까지도 사호리를 소중하게 생각했지만, 어젯밤을 기
점으로 사호리는 자신보다 더 소중한 존재가 되었다.

 뒤에서 품었던 사호리의 가냘픈 몸을 코타리의 양팔
이 기억하고 있었다. 샴푸 냄새가 남아있는 그녀의 머
리카락 냄새를 코타리의 코가 기억하고 있었다.

 그녀를 불행하게 만들고 싶지 않았다. 쉬하오란이 그
녀를 죽이게 내버려 두지 않을 것이다.

 그리고 더욱더 자신의 전과를 노출하기 싫었다. 코타
리가 과거에 스토킹을 했고, 그 이유로 징역을 살았다
는 것을 알면 아무리 과거에 대해 이해심이 많은 사호

리라도 그를 떠날 것이다. 같은 남자인 야구치와는 느끼는 감정이 다를 것이기 때문이다.

이런저런 생각을 하며 공장으로 향하던 중 길가에 서 있는 중년 부부가 눈에 들어왔다. 세 번째 희생자가 된 히가시라 유노의 부모가 또다시 행인들에게 전단지를 나눠주고 있었다. 시신 일부가 발견되었음에도 왜 아직도 전단지를 나눠주고 있는 것일까.

다가가서 보니 부부는 비통한 표정으로 행인들에게 전단지를 나눠주고 있었다.

"딸을, 히가시라 유노를 찾고 있습니다."

"이 근처에서 보신 분은 없으신가요?"

"협력을 부탁드립니다."

외치는 내용은 그때와 같았지만 표정이 너무 비통해서 쳐다보기가 민망할 정도였다. 무시하고 지나치려고 마음먹었지만 코타리는 자석에 이끌리듯 두 사람에게 다가갔다.

"부탁드립니다."

그렇게 말하며 코타리에게 전단지를 건넸을 때 히가시라 유노의 어머니와 눈이 마주쳤다.

"한 가지 여쭈어봐도 될까요?"

코타리는 무심결에 그렇게 말했다.

"무슨 일이시죠?"

"따님…, 유노 씨 뉴스를 보았습니다. 팔이…, 발견되었잖아요…?"

참으로 배려 없는 말이었다. 하지만 그녀는 크게 개의치 않았다.

"네, 하지만 저희는 아직 포기하지 않았습니다."

결연한 말투에 놀랐다.

"딸은 지금쯤 양팔을 잃어 고통스럽고 괴로운 상태일 것입니다. 하지만 아직 살아있을 것입니다. 한시라도 빨리 찾아내고 싶습니다."

등골이 오싹했다. 딸이 양팔이 절단된 상태로 아직 살아있다고 생각하고 있단 말인가. 그렇다면 무엇이 딸이 살아있다고 저렇게 굳게 믿게 만드는 것일까.

"잠시만요."

옆에서 대화를 지켜보던 히가시라 유노의 아버지가 끼어들었다.

"저희를 이상하게 생각하시는군요?"

"아니, 그게…"

그가 목소리를 낮추자 코타리도 자연스레 목소리를

낮추었다.

"황당하게 생각하실지 모르겠습니다만 저도 유노가 무사하다고 믿고 있습니다. 그렇지 않으면 삶의 의미를 잃을 것 같아서요. 아내도 마찬가지입니다. 물론 살아 있을 가능성은 낮겠지만 제로는 아닙니다."

"경찰은 뭐라고 하던가요?"

"경찰은…. 이미 4명이나 희생자가 나온 사건이니 유노도 당연히 죽었을 거라고 단정 짓고 있습니다. 발견된 팔이 유노의 것으로 확인되었을 때 명복을 빈다는 말을 했습니다."

카츠라기의 얼굴이 떠올랐다.

코타리도 공감해주고 싶었지만 잘되지 않았다. 부자연스러움이 표정에 나타났는지 그는 약간 침울한 표정으로 물었다.

"당신…, 결혼을 했나요?"

"아니, 아직입니다."

"그럼 딸 가진 부모의 마음을 이해할 수 없을 겁니다. 아니, 비난하려는 것은 아닙니다. 언젠가 당신에게도 이해할 수 있는 날이 올 겁니다. 가족, 그것도 자신보다 젊은 사람을 잃는다는 것이 얼마나 괴롭고 무서운 일인지를…."

두 사람의 절실한 목소리가 심금을 울렸는지 코타리
는 자신도 모르게 심정을 고백했다.

"저도 가족은 아니지만 제자신보다 소중한 사람이…,
있습니다."

"좋은 일입니다. 그렇다면 그 사람이 갑자기 사라졌
다고 해보세요. 지금 저희 마음을 조금은 이해할 수
있을 겁니다."

목소리가 점차 울먹이는 목소리로 바뀌었다.

"따님이 발견되기를 기도하겠습니다."

"감사합니다. 다만…."

"다만 뭐죠?"

"설령 딸이 돌아온다고 해도 저는 평생 후회할 것입
니다. 이런 일이 생길 줄 알았다면 더 통금을 강하게
해야 했습니다. 이해심이 많은 아버지인 척 연기하지
말고, 늦은 귀가를 절대 인정하지 말았어야 했습니다.
그렇다면 꽉 막힌 아버지라고 욕을 먹었을지언정 딸은
무사했을 겁니다."

그런 말을 하는 것을 보면 그는 사실 딸의 죽음을 각
오하고 있는 듯했다. 그러면서도 이렇게 전단지를 나눠

주는 것은 이렇게라도 하지 않으면 죄책감에 짓눌리기 때문일 것이다.

코타리는 두 사람에게 인사를 하고 그들로부터 멀어져갔다. 그들에게서 받은 전단지는 잘 접어서 주머니에 넣었다.

두 사람으로부터 멀어져도 히가시라 유노의 아버지가 한 말은 머릿속에서 맴돌았다. 욕을 먹는다고 해도 가능한 모든 예방책을 강구했어야 했다는 말….

그것은 지금 코타리를 위한 말이기도 했다. 자신의 전과를 사호리에게 알리기 싫어서 경찰에 제대로 된 신고조차 하지 않고 있었다. 그녀의 안전을 최우선으로 생각한다면 경찰의 힘을 빌려야 할 것이다.

그런 생각을 하고 있을 때 뒤에서 누군가 말을 걸었다.

"코타리 씨."

뒤를 돌아보니 그 형사가 서 있었다.

"카츠라기 씨."

"어젯밤은 감사했습니다."

"아닙니다. 카츠라기 씨가 사셨잖아요."

"잠시 시간 되시나요?"

아직 출근 시간까지 다소 여유가 있었다. 코타리의
출근 시간은 경찰도 파악했을 테니, 여기서 거절하면
의심만 살 뿐이다.

"5분 정도는 괜찮습니다."

"어젯밤에 함께 해주셔서 감사했습니다."

"카츠라기 씨가 자상한 분이라서 그렇습니다. 다른
형사분이었다면 그렇게 하지 못했을 겁니다."

은연중에 쿠도를 비꼬아봤지만 카츠라기가 알아챘는
지는 알 수 없었다.

"자상한 분이라는 말씀은 기쁜 좋은 평가로군요."

"조금도 형사답지 않아서요."

"그건 그리 기쁘지 않은 평가로군요."

카츠라기는 민망하다는 듯 머리를 긁었다. 그러한 행
동도 상대가 경계심을 풀게 만드는 요인이기 때문에
거기까지 계산된 행동이라면 정말 대단한 사람이었다.

"제가 하고 싶은 말은, 다름이 아니라 어젯밤부터 신
경이 쓰였는데…, 코타리 씨는 무슨 고민거리가 있으
신가요?"

"제가 어제 그런 말을 했었나요?"

"아뇨. 그냥 그런 느낌이 들어서요."

카츠라기의 말투가 진지하다 보니, 코타리는 불안해
졌다.

"얼굴만 봐도 그 사람에 대해서 잘 아시나 보네요.
하지만 카츠라기 씨…, 사건과 관련된 것이라면 몰라도
개인적인 이야기를 할 필요는 없잖아요."

"개인적인 사정이 코타리 씨의 입을 무겁게 만들고
있다면, 그것을 털어놓는 것을 너무 두려워하지 마십
시오. 코타리 씨, 당신은 당신이 생각하는 것만큼 거짓
말이나 무언가를 숨기는 것에 능숙하지 못합니다. 저
조차 알 수 있습니다. 제가 알 수 있다면 쿠도 형사님
이나 다른 형사들도 알 수 있을 것입니다."

"제가 딱히 숨기는 것은…."

"당신을 괴롭힐 생각이 없기에 단도직입적으로 말하
겠습니다. 코타리 토모야라는 이름은 원래 당신 이름
이 아니죠?"

그 말에 마치 온몸을 쇠창살로 관통한 듯한 충격을
받았다.

그래도 먼저 고백할 생각은 들지 않았다.

"무슨 말씀을 하시는 것인지, 전혀…."

"당신의 본명은 고죠 미키히데입니다."

거기까지 알고 있다면 이미 끝난 것이었다.

코타리는 어깨를 축 늘어트렸다.

"장소를 옮겨서 말씀을 나누시죠."

카츠라기의 말에 둘은 좁은 골목길에 들어갔다. '니시무라 정밀' 반대편으로 난 골목이라 지나가는 동료들이 볼 걱정은 없었다.

짧은 거리였지만 코타리는 이동하는 동안 각오했다.

"카츠라기 씨 말대로입니다. 그런데 어떻게 아신 거죠?"

"당신에게는 거북한 이야기겠지만 한 번 실형을 살게 되면 경찰 데이터베이스에 기록이 남습니다. 얼굴과 지문이요."

지문이라는 말을 듣고 그제야 상황을 파악했다.

"어젯밤에 제가 쓴 맥주잔, 그걸로 지문조회를 하신 거군요?"

"죄송합니다."

카츠라기는 곧바로 고개를 숙였다.

"애초에 그런 목적으로 접근하셨던 거고요."

"부정은 하지 않겠지만 그것뿐만은 아닙니다. 여러분의 대화에 끼어들어 사람 됨됨이를 파악하고 싶었습니다."

"됨됨이라…. 그런 걸로 범인인지 아닌지를 알 수 있나요? 그거야말로 사람 얼굴로 범인을 판단하는 거나 마찬가지 아닌가요?"

"꽤 쓸 만하답니다. 실제로 그 대화를 듣고 저는 코타리 씨를 용의자 후보에 두는 것은 좀 아니라고 생각했거든요."

"호오, 스토킹 전과자인 저를 믿어주시는 건가요?"

"네, 믿습니다."

너무나 쉽게 대답하기에 오히려 당황했다.

"경찰의 의심이 그렇게 쉽게 풀리는 것인가요?"

"물론 다른 이유도 있죠. 예를 들면, 저는 오늘 아침 일찍 사회복지사인 미타조노 씨에게 연락을 취했습니다."

코타리는 기억의 앨범을 억지로 펼친 기분이었다. 그립기도 했지만 잊고 싶은 기억이었다. 잊고 싶은 것은 물론 미타조노 탓이 아니라 전부 코타리 자신 탓이었다.

"미타조노 씨는 고죠 씨를 잘 기억하고 있었습니다."

"매우 자상하진 사회복지사셨습니다. 여러 차례 면접

에 실패해도 반드시 직업을 구할 수 있을 거라고 격려
해 주셨습니다. 그런데도 저는 새로운 이름을 얻자마
자 미타조노 씨 집에서 뛰쳐나왔죠. 배은망덕한 녀석
으로 기억하실 겁니다."

미타조노의 얼굴을 떠올리자 가슴이 저며 왔다. 은
혜를 원수로 갚는 결과가 되었지만, 고죠 미키히데의
기록을 없애기 위해서는 서둘러 미타조노 곁을 떠날
필요가 있었다.

"아닙니다. 성실한 청년이었다고 증언해주었습니다."

"거짓말이시죠?"

"어느 날 갑자기 직업을 구했다는 연락을 받았다고
하셨습니다. 그 이후 연락이 없는 것으로 볼 때 분명
일로 바쁠 것이라고도요."

"…정말, 인가요? 그런데 언제부터 제가 코타리 토모
야가 아닌 것을 아신 거죠?"

"코타리 토모야 씨의 운전 경력증명서를 조회해본 결
과, 거기에 붙어 있는 면허증 속 사진이 당신의 모습과
는 많이 달랐습니다."

그러고 보니, 코타리 토모야가 실효된 운전면허증을
내밀었던 것이 떠올랐다. 역시 호적을 사고파는 것만

으로는 부족했다.

"하지만 결정적인 계기는 그 코타리 토모야 씨가 돌아가셨기 때문입니다."

"네? 뭐라고요?"

"역시 모르셨군요. 진짜 코타리 토모야 씨는 며칠 전 카센지키에서 시신으로 발견되었습니다. 기아에 의한 영양실조사였습니다."

"기아라니⋯. 카센지키에는 다른 노숙자들도 많았을 텐데 아무도 구해주지 않았던 것입니까?"

"원래 노숙자들끼리는 어울리는 일이 별로 없다고 합니다. 그들 중 한 명이 그를 발견했을 때는 이미 돌아가신 이후였습니다."

그날의 코타리를 떠올렸다. 자신과 만났을 때도 남들과 어울리는 걸 못하는 사람처럼 보였다.

자신에게 두 번째 인생을 준 사람이 기아와 고독으로 죽었다. 그 사실에 발이 휘청거렸다. 코타리는 마음 속으로 명복을 빌었다.

"하지만 코타리 씨를 용의자 후보에서 제외시킨 결정적인 이유는 그것만이 아닙니다. 조금 전 길가에서 전단지를 나눠주시던 히가시라 유노 씨 부모님께 접근하셨죠?"

'역시 계속 감시하고 있었나?'

"보나 마나 괘씸한 녀석이라고 생각하셨겠네요?"

"물론 당신이 범인인데, 피해자 가족이 괴로워하는 것을 가까이서 보기 위해 다가갔다면, 당신은 정말 엄청나게 이상한 취미를 가진 변태겠지요. 하지만 당신은 아내 분에게 받은 전단지를 고이 접어서 주머니에 넣으셨죠? 일반적으로는 받은 전단지를 곧바로 버리는 사람이 많습니다. 전단지를 그렇게 정성스럽게 취급하는 사람이 피해자 유족의 비통한 모습을 구경하러 온 범인이라고는 생각할 수 없었습니다."

세심한 추리력과 관찰력에 코타리는 내심 감탄했다.

"하지만 코타리 씨, 아니, 이제 고죠 씨라고 부르면 될까요?"

"아니요…, 지금은 코타리로 살고 있으니까…."

"당신이 숨기고 싶었던 사실은 이미 경찰이 알고 있습니다. 그러니까 사호리 씨를 지키기 위해 고군분투할 필요 없습니다. 이제 알고 계신 모든 정보를 제공해주세요. 그렇지 않으면 사호리 씨를 지킬 수 없습니다."

이제 때가 온 것인지도 몰랐다.

코타리는 자신을 설득하듯 억지로 고개를 끄덕였다.

"퇴근 후에 저를 수사본부에 데려가 주세요. 거기서 증언하겠습니다."

"알겠습니다."

"그리고 제가 경찰에 있는 동안은 사호리를 경찰이 보호해주세요. 안 그럼 너무 불안해서…."

"이제야 마음이 놓이네요."

카츠라기가 웃으며 말했다.

"제 생각은 맞았던 것 같네요."

퇴근 후, 코타리는 카츠라기를 따라 수사본부로 향했다. 쿠도는 역시나 뚱한 표정으로 그를 맞이했다.

"이럴 거였다면 더 빨리 와주셨으면 좋았을 것 아닙니까."

웃으며 맞이해줄 거라고 기대하지는 않았기에 딱히 실망하지는 않았다. 다만, 형사들의 성향도 제각각이라는 생각이 들었다.

"경찰에 익명의 제보를 한 사람은 역시 당신이었군요. 그렇다면 그때 목격한 내용을 다시 상세하게 이야기해 주세요."

코타리는 자신이 미행하던 쉬하오란이 '론도 베어링'

뒤편에 있는 폐기물통에 사람의 양팔을 버렸다는 사실을 전했다.

"그렇다면 '론도 베어링' 뒤에 버린 사람의 양팔을 '사사키 섬유' 폐기물통으로 옮긴 것은 그가 당신의 미행을 알아차렸기 때문이겠군요?"

"그렇게 생각합니다. 어떻게 눈치챘는지는 모르겠지만요."

"아무리 열심히 미행해도 당신은 전문가가 아닙니다. 야구치 씨와 함께 그를 미행했을 때도 저희가 당신을 미행하고 있을 줄 몰랐잖습니까?"

날카로운 말투가 거슬렸지만, 듣고 보니 맞는 말이라 역시 고개를 끄덕일 수밖에 없었다.

"아무튼 지금 하신 진술은 헛소리라고 치부하기는 어려운 것이군요. 알겠습니다. 다만, 진술서에 기명날인하실 때는 고죠 미키히데 이름으로 서명해야 합니다."

"그건 상관없습니다. 다만, 사호리나 공장 관계자들에게는 비밀로 해주실 수 있나요?"

"사문서위조나 신분 도용을 눈감아달라는 겁니까? 경찰인 저한테요?"

쿠도는 카츠라기가 끼어들어 말리려는 것을 손으로

제지하고 말을 이었다.

"다만, 저희는 지금 오오타구 연쇄살인 사건을 쫓느라 정신이 없어서 다른 수사를 할 여력은 없어요. 중요하지 않은 사건은 없지만, 우선순위는 있습니다."

돌려 말하기는 했지만, 이 말은 쿠도가 할 수 있는 나름의 배려일 것이다. 코타리는 딱히 이를 지적하지 않았다.

"이걸로 쉬하오란 방을 수색할 수 있겠군요."

"지금쯤 방에 있을 수도 있겠죠. 이봐, 사호리 씨의 경호는 어떻게 되었나?"

"방금 전에 보고받았습니다. 무사히 귀가했다고 합니다."

"그렇다고 합니다, 코타리 씨. 오늘은 일단 안심해주세요. 저희는 수색 영장이 발부되면 바로 쉬하오란의 방으로 향하겠습니다. 어차피 같은 기숙사로 가실 거면, 코타리 씨도 기다렸다가 저희랑 같이 가시죠."

코타리는 마다할 이유가 없었다.

쿠도를 비롯한 형사들이 서류를 준비하는 사이 코타리는 야구치에게 연락을 했다.

야구치는 안도한 듯한 목소리로 말했다.

"드디어 결심한 거구나."

"그렇게 말씀하시는 걸 보니 이미 예상하고 계셨던 것 같네요."

"그래, 시간문제라고 생각했지. 네가 진심으로 사호리를 걱정한다면 결국에는 경찰에 의지할 수밖에 없으니까. 어차피 내가 너한테 경찰서에 가라고 강요해봤자 네가 말을 들었겠어? 너 자신이 스스로 갈 생각을 해야 한다고 생각했지."

"야구치 씨 손바닥에서 놀아난 기분이에요."

"결과가 좋으면 되지. 이걸로 사호리도 경찰의 경호를 받을 수 있어 안전이 보장된 거야. 첫 번째 목적을 달성한 거지."

"그래도 아직 걱정입니다. 쉬하오란을 체포하기 전까지는 마음을 놓을 수 없어요."

"그래도 방을 수색하면 곧바로 체포될 거잖아. 이것도 시간문제 아니겠어?"

하지만 코타리는 불안감이 사라지지 않았다.

2

기숙사로 향하는 경찰차 속에서 카츠라기는 쉬하오란의 고향인 허난성 허비시의 마을에서 발생한 연쇄 살인 사건에 대해 이야기해주었다.

"단기간에 3명의 여성이 살해당하고, 게다가 시신 일부밖에 발견되지 않았다니, 그건 마치…."

"네, 이번 사건과 똑같습니다."

"그 마을 주민이었던 쉬하오란이 사건 직후 일본으로 건너왔다니…. 국외 도피잖아요?"

"만약 그가 범인이라면 그렇겠지요."

"현지 경찰과 연대할 수 없나요?"

"그쪽은 사건을 은폐하려는 태도가 보여서 말이죠. 저희 경찰청과는 안 맞는 것 같습니다."

국가 관계는 그리 단순한 문제가 아닌 듯했다.

기숙사에 다가갈수록 코타리의 심장은 요동쳤다. 심장 소리가 두 형사에게 들리지 않을까 걱정될 정도였다.

이윽고 경찰차는 기숙사 부지 안에 들어왔다.

주차장에는 다른 형사나 과학수사 수사관을 태운 경찰차들도 이미 도착해 있었다. 그리 넓지 않은 주차장이 경찰차들로 꽉 찼다.

"203호실이죠?"

쿠도가 쉬하오란의 방을 가리켰다. 아직 귀가를 안 했는지 방에는 불빛이 없었다.

이미 귀가한 몇 명이 기숙사 창문을 열고 밖을 내다보고 있었다.

"뭐야, 저거?"

"경찰?"

"아니, 대체 경찰이 얼마나 온 거야?"

"직원 중 누군가를 체포하러 온 건가?"

다른 수사관이 쿠도에게 기숙사로 통하는 모든 길을 통제했다고 보고했다. 도착 후 고작 3분 만에 일어난 일이었다. 카츠라기는 그 사이 관리인에게서 마스터키를 받아왔다.

"자, 코타리 씨, 이제부터 쉬하오란의 방을 압수수색을 할 텐데 당신은 어쩌시겠습니까? 이대로 방으로 돌아가셔도 됩니다. 아마 그 얇은 벽이면 저희가 쉬하오란의 방에서 하는 이야기가 다 들리겠군요. 돌변한 쉬하오란이 당신에게 덤빌 수도 있습니다. 가장 안전한 것은 일이 끝날 때까지 경찰차 안에서 대기하는 것입니다만."

"저는 방으로 돌아가겠습니다."

옆방에서 아무리 큰 소란이 일어나도 현관문만 잘 잠그고 있으면 피해는 발생하지 않을 것이다. 어쩌면 쉬하오란과 경찰이 나누는 대화나 흘러가는 상황을 파악할 수 있는 최적의 장소였다.

"그럼 가능하면 밖으로 나오지 마세요."

쿠도는 당부를 잊지 않고 코타리를 경찰차에서 내보냈다.

코타리는 기숙사 주민들에게 얼굴을 보이고 싶지 않아 가능한 한 고개를 숙이고 계단을 올라갔다. 몇 미터 뒤에서 쿠도를 비롯한 형사들이 따라오고 있었다.

코타리가 방에 들어가는 것과 동시에 쿠도 일행이 203호실 문 앞에 섰다.

"쉬하오란 씨, 쉬하오란 씨, 집에 계십니까? 경찰입니다."

벽이 얇은 것이 오늘은 다행이었다. 방 안에 있어도 복도에서 나는 소리가 명확하게 들렸다.

쿠도가 수차례 인터폰을 눌렀지만 반응은 없었다. 그러자 바로 자물쇠를 여는 소리가 났다.

문이 열리고 형사들이 203호실에 뛰어 들어갔다. 대화를 비롯한 소리가 아무것도 들리지 않는 것을 보니 쉬하오란은 방에 없는 모양이었다.

압수수색에 과학수사팀을 동반하는 것이 일반적인지는 잘 모르겠지만, 아마도 쿠도나 수사본부가 쉬하오란을 유력한 용의자로 보고 있는 것은 틀림없었다.

"욕실에 가봐."

쿠도의 명령에 수사관 몇 명이 욕실로 이동하는 듯했다. 밤마다 기분 나쁜 소리가 들려오던 문제의 장소였다.

"우웩…"

"뭐, 뭐야, 이거."

코타리가 벽에 귀를 대고 있자, 욕실 안에서 몇 명이 신음하는 소리가 들렸다. 빨리 시신을 해체했다는 물적 증거가 나왔으면, 하는 마음으로 듣고 있는데, 누군가가 말했다.

"이건 심하군…"

무엇이 어떻게 심하단 말인가. 귀로 들리는 정보는

그것뿐이라 상상만 자극할 뿐이었다.

"쿠도 씨, 카츠라기 씨, 잠시 이쪽으로…."

"윽."

"이거 심각하군…. 쉬하오란은 욕조를 사용하지 않았나?"

"땀을 닦는 거라면 샤워로도 충분할 테니까요."

"이런 거에 익숙하지 못한 사람이라면 5분도 못 버티겠군."

"시신에 익숙한 저희도 못 버티겠습니다."

다시 사람들이 욕실에서 방으로 이동하는 소리가 났다.

방에서는 서랍을 열거나 이불을 들추는 등 본격적인 수색이 시작된 모양이었다. 하지만 쿠도 수사팀이 무엇을 찾고 무엇을 발견했는지는 전혀 파악할 수 없었다.

다만, 들리는 정보만으로도 203호실 안이 심각한 상황이라는 것은 예상할 수 있었다. 코타리의 마음은 두려움 반, 흥미 반으로 심경이 복잡했다.

30분 정도 지났을 때, 이번에는 코타리의 방 인터폰이 울렸다.

"카츠라기입니다."

현관문을 열자, 창백한 얼굴의 카츠라기가 서 있었다. 그의 몸에서는 이상한 냄새가 났다.

"옆방에서 나는 소리가 들리셨나요?"

"형사님들의 대화 정도는요."

"일단 코타리 씨의 혐의는 벗겨졌습니다. 저희는 그걸 전하려고 왔습니다."

"쉬하오란이 범인이라고 확정된 건가요?"

"확정이라고까지 말할 수는 없지만, 203호실 욕실에서 결정적 증거가 발견되었습니다."

"루미놀 반응이라도 나왔나요?"

요즘은 일반인들도 루미놀 반응이 무엇인지 알고 있다. 혈액은 물로는 씻겨지지 않고, 루미놀이라는 화학약품과 반응하면 파랗게 바뀐다.

"루미놀을 쓸 필요도 없었습니다."

"네?"

"혈흔 정도가 아니라 시신 덩어리가 욕실에 굴러다니고 있었습니다."

"네? 설마 그런…?"

"네, 욕실에 먼저 들어간 형사들도 설마, 하면서 들어갔죠. 일부는 쓰레기봉투에 넣은 다음 드라이아이스로 얼려져 있었지만 욕조 안에 있던 시신 덩어리는 아무렇게나 널브러져 있었습니다. 이제까지 시신 일부만 발견된 것은 남은 부분을 버리지 않았기 때문이었습니다."

카츠라기는 자세한 설명을 피했지만, 그의 말투나 표정으로 추측해볼 때 현장의 참혹함을 쉽게 상상할 수 있었다.

코타리는 자신도 모르게 토할 뻔했다. 시체의 분리 작업뿐만 아니라 시신이 굴러다니는 방 바로 옆에서 생활했던 것이다.

"쉬하오란이 어디에 있는지 짐작 가는 곳은 없나요?"

카츠라기가 진지한 표정으로 물었다.

"수차례 쉬하오란을 미행하신 적이 있지요? 그가 갈 만한 곳을 모르십니까?"

방에서 시신이 발견되었다면 살인 혐의는 아니라도 시신 유기 혐의로 긴급체포할 수 있었다.

"기숙사 주민이 갈만한 곳은 편의점이나 술집이겠죠. 하지만 그가 그런 곳에 있는 것을 본 적이 없어서."

"외국인이라면 동포들끼리 모이는 곳이 있지 않을까요? 주위에 개의치 않고 모국어로 이야기할 수 있는 장소라든지요?"

"쉬하오란은 그런 모임을 갖지 않는 남자였습니다. 중국인과 대화는커녕 거의 혼자 지냈습니다."

순간 카츠라기는 코타리의 얼굴을 살폈다. 뭔가를 숨기고 있지는 않은지 의심하는 눈초리였다.

"퇴근 후에는 어디에도 들르지 않았다는 건가요?"

"제가 미행하는 동안 그런 것은 없었습니다. 다만, 도망치려고 생각했다면 최소한의 소지품만 챙겨서 갔을 겁니다. 잡히면 사형당할 수도 있으니까요. 그를 빨리 잡아야 합니다. 쉬하오란이 허난성 허비시의 연쇄살인에 관여한 사람이 맞다면 그는 매우 위험한 인물입니다. 이대로 내버려 두면 분명 비슷한 사건을 또 일으킬 것입니다."

"그 가능성은 경찰도 생각하고 있습니다. 연쇄살인범은 사람의 탈을 쓴 흉기 같은 존재니까요."

그때 카츠라기의 옷 안에서 핸드폰 착신음이 울렸다.

"네, 카츠라기입니다."

핸드폰을 귀에 대고 있던 카츠라기의 표정이 심각해졌다.

"알겠습니다."

코타리를 보는 카츠라기의 표정에 절박함이 묻어났다.

"코타리 씨, 이번에는 사호리 씨가 갈 만한 장소를 알려주세요."

"무슨 일이시죠?"

"사호리 씨가 아파트에서 사라졌다고 합니다."

3

"그녀를 경호하고 있었다고 했잖아?"

보고를 받은 쿠도는 코타리의 방에 오자마자 화를 감추지 않았다. 카츠라기나 코타리를 탓하는 말 같았다.

"그건 제가 할 말입니다."

전과자로서 형사에게 대드는 날이 올 줄은 몰랐지만 상황이 상황이니만큼 코타리의 말투가 거세졌다.

"쉬하오란의 방에서 결정적인 증거가 나온 것이 수사 본부에 보고된 직후였습니다. 그래서 경계가 풀린 탓인지도 모르겠네요."

카츠라기가 두 사람을 중재하듯 말했다.

"어쨌든 코타리 씨는 사호리 씨에게 빨리 연락해주세요. 단순히 외출한 거라면 한시라도 빨리 경찰에 보호를 요청하도록."

카츠라기의 요청에 따라 코타리는 핸드폰을 꺼내 사호리에게 전화를 걸었다. 한 번, 두 번, 세 번. 신호음이 이어질 때마다 심장이 터질 것 같았다.

다섯 번째 신호음에 겨우 전화가 연결되었다.

"나야. 지금 어디야?"

"살려줘."

평소에는 결코 듣지 못한 절박한 목소리였다.

"무슨 일이야?"

"쫓기고 있어."

스피커폰으로 사호리의 목소리가 흘러나오자, 쿠도와 카츠라기도 안색이 바뀌었다.

"누군가 나를 쫓고 있어. 그래서 도망치고 있어."

"지금 어딘데?"

순간 코타리는 소리에 집중했다. 사호리의 목소리 뒤로 차들이 지나가는 소리와 바람 소리가 들려왔다. 하지만 장소를 파악할 수 없었다.

"지금 도망치고 있어서 나중에 다시 전화할게."

"여보세요, 여보세요!"

절박한 분위기를 남기고 통화는 일방적으로 끊어졌다. 코타리는 자신도 모르게 두 형사를 쳐다보았다.

"당장 핸드폰 기지국 추적을 가동해!"

쿠도가 먼저 입을 열었다.

"코타리 씨는 사호리 씨의 핸드폰에 계속 전화를 거

세요. 가장 가까운 기지국을 찾아내 수사관을 파견하 겠습니다."

그에 따라 복도에 있던 몇 명의 수사관이 뛰어나가 는 것이 보였다.

"코타리 씨, 지금부터 집중하셔야 합니다. 당신은 쉬 하오란의 행동반경은 모를 수 있지만, 사호리 씨가 어 디를 자주 가는지는 알고 계시죠?"

"그야 그렇지만, 사호리는 지금 연쇄살인범에게 쫓기 고 있는 상황이잖아요."

"그런 상황일수록 인간은 평소와 다른 행동을 하지 않습니다. 도주한다고 해도 전혀 모르는 장소나 처음 보는 건물로 도망치는 경우는 드물죠."

카츠라기의 설명에 어느 정도 공감했지만 사호리가 갈 만한 장소를 바로 떠올릴 수는 없었다.

"사호리 씨의 안전이 당신한테 달려 있습니다."

필사적으로 사호리가 갈 만한 곳을 떠올려봤다. 동료 들 시선 때문에 출근길 외에 둘이 다닌 곳은 그 카페 정도뿐이었다.

"그녀가 아파트를 나와서 어느 방향으로 사라졌을지 도 짐작 가지 않습니까?"

코타리의 질문에 카츠라기는 고개를 저었다.

"방향을 알았다면 벌써 보호했을 겁니다."

당연한 얘기였다.

"수사 팀 전원이 지금 그녀를 찾고 있는 거죠?"

"그게…, 수사팀 중 상당수는 지금 쉬하오란을 쫓고 있습니다."

"그녀는 쉬하오란에게 쫓기고 있어요. 그녀를 찾는 것이 쉬하오란을 체포하는 것과 같잖아요." 코타리가 말했다.

"하지만 사호리 씨는 조금 전 전화에서 '누군가'에게 쫓기고 있다고 하셨어요. 쉬하오란이라고 말하지 않았습니다. 따라서 다른 사건일 가능성도 배제할 수 없을 것입니다."

어느샌가 자리를 비웠던 쿠도가 돌아왔다.

"우리가 직접 쫓아가자."

코타리는 자신도 경찰차에 동승해도 되는지 궁금했다.

"기지국 추적과 직접 수색을 동시에 할 겁니다. 당신은 사호리 씨가 갈 만한 장소를 저한테 알려주면서 계속 전화를 걸어주세요."

"저는 일반인인데, 수사에 동참해도 됩니까?"

"시민의 협조에 감사드립니다."

쿠도는 무뚝뚝한 표정으로 그렇게 말하더니, 방에서 나가버렸다. 코타리도 카츠라기와 함께 그 뒤를 쫓았다. 탐문 수사 때는 집요해서 반감이 들었는데 아군이 되니 믿음직했다.

카츠라기가 핸들을 잡고 코타리와 쿠도가 뒷좌석에 탔다.

"먼저 사호리 씨의 아파트로 가. 어디를 가든 거기가 시작점이야."

카츠라기는 말없이 액셀을 밟았다.

경찰차가 공장지대를 가로지르는 사이 코타리는 사호리가 어디에 갔을지 계속 생각했다.

아파트에서 '니시무라 정밀'까지의 출퇴근길은 이미 수사관이 투입되어 있을 것이다. 아무리 가로등이 적은 곳이라도 아파트를 기점으로 수색했다면 그들이 먼저 발견했을 것이다.

하지만 아직 발견하지 못했다는 것은 사호리가 출근 길과는 다른 곳으로 도망쳤다는 뜻이다. 그럼 그곳은 어디일까. '니시무라 정밀'을 포함한 공장지대는 골목이 많아서 수색 범위가 넓었다. 아무 생각 없이 수색해서는 오히려 시간 낭비일 뿐이었다.

"핸드폰으로 계속 사호리 씨에게 전화를 걸어보세요."

그렇게 말하지 않아도 알고 있었다. 코타리는 핸드폰을 계속 쥐고 있었다. 계속해서 사호리의 번호에 전화를 걸었다. 하지만 신호음만 이어질 뿐 아무 반응이 없었다.

"뛰어다니고 있어 전화를 받을 수 없는 것 아닐까요?"

코타리가 스스로를 납득시키듯 말했다. 쿠도와 카츠라기는 아무 말도 하지 않았다.

이윽고 경찰차는 사호리의 아파트에 도착했다. 여기서부터 본격적인 수색이 시작될 것이다.

"자, 그녀가 갈 만한 장소는 어디입니까? 사호리 씨라면 어디로 도망쳤을까요?"

쿠도의 재촉에 코타리는 다시 생각해보았다. 연쇄살인범에게 쫓겨 불안해진 여성이 평소 익숙한 장소로 도망칠 것이라는 예상도 충분히 말이 된다.

하지만 평소 익숙하지 않은 장소 외에 안전한 곳으

로 도망칠 가능성도 있지 않을까? 맨 먼저 떠오른 곳은 밝은 장소였다. 밝은 곳에서는 범죄가 쉽게 일어나지 않는다. 남들 보는 눈이 있어 아무리 쉬하오란이 연쇄살인범이라도 쉽게 범행을 저지르지 못할 것이다.

"대로변 쪽은 어떤가요? 거기라면 가로등이나 가게 불빛이 있어 쉽게 범죄를 저지르지 못할 겁니다."

"대로변에는 이미 다른 수사관들이 있습니다."

쿠도는 역시나 뚱한 목소리로 대답했다.

"아무리 수사본부에 멍청이들뿐이라도 그 정도는 생각할 줄 압니다."

그래도 확인하려는 듯 쿠도가 다른 수사관에게 연락했다.

"쿠도다. 대로변쪽은 어때? …알았다."

전화를 끝내고 코타리를 쳐다보며 말했다.

"사호리 씨나 쉬하오란 모두 대로변쪽에는 없다고 합니다."

평소에 다니는 출퇴근길로도, 대로변쪽으로도 가지 않았다.

그럼 대체 어디로 갔단 말인가. 연쇄살인범에게 쫓기는 여성이 갈 만한 장소는 어디일까.

사호리가 어떤 여성인지 다시 생각해보았다. 그녀는 항상 침착하고 감정에 휩쓸리지 않았다. 어떤 상황에도 가장 합리적인 방법을 선택하는 여성이었다. 추격자의 허를 찔러 추격하지 못하게 만들 사람이었다.

허를 찌른다면 밝은 곳이 아니라 오히려 어둠 속으로 도망친 것은 아닐까. 상대가 연쇄살인범이라면 어둠 속으로 도망치는 것이 최악의 방법이지만, 만약 범인보다 이곳 지리에 밝을 경우 유리해질 수도 있다.

다만, 지리 감각은 '니시무라 정밀'에 다니는 쉬하오란도 비슷하지 않을까.

쿠도도 카츠라기도 침묵을 이어갔다.

"아직도 안 받나요?"

쿠도가 다시 재촉했지만 사호리가 전화를 받지 않는 것은 어쩔 수 없었다.

코타리는 불길한 예감이 들었다. 이미 사호리가 전화를 받을 수 없는 상황에 빠진 것은 아닐까. 그 생각을 하니 공포가 덮쳐왔다. 심장박동이 빨라지고, 심장이 입에서 튀어나올 것 같았다.

'안 돼. 겨우 만난 사람이야. 서로 말이 통하는 첫 상대라고. 제발 나한테서 그녀를 빼앗아 가지 마.'

긴장감에 손끝이 떨리던 그때 전화벨 소리가 울렸다.

사호리였다.

코타리는 서둘러 통화버튼을 누르고 상대보다 먼저 말했다.

"여보세요! 지금 어디야!"

"토미카와쵸 사거리야."

사호리의 목소리가 약간 떨리고 있었다.

"육교 근처야. 빨리 와줘."

"쉬하오란은 어디 있어."

"그도 여기 있어."

코타리의 오판은 생각보다 사호리의 발이 빨랐다는 점에서 기인했다. 토미카와쵸는 공장지대에서 한 블록 떨어진 곳이며, 주택과 점포가 혼재된 장소였다.

드디어 사호리가 말했던 육교가 보였다. 난간은 녹이 슬어 도색이 많이 벗겨져 있었다.

그녀는 육교 위에 서 있었다.

코타리가 경찰차에서 내려 육교로 다가가자, 그녀가 겁에 질려 있는 것을 느낄 수 있었다.

"코타리!"

사호리는 코타리를 보고 곧바로 뛰어와 그에게 안겼

다. 이것도 평소와 다른 모습이라 당황했지만 코타리는 그대로 받아주었다.

"무서웠어. 정말 무서웠어."

"쉬하오란은?"

사호리는 손으로 육교 반대편을 가리켰다. 거기에는 사람 형태를 지닌 물체가 인도 위에 누워있었다. 아마도 쉬하오란인 모양이었다.

"뒤에서 계속 쫓아오길래…. 내가 육교 위로 도망치니까 계단까지 쫓아왔는데, 그러다가 갑자기 떨어졌어."

사호리의 설명을 듣고 있으니 카츠라기가 달려왔다. 그는 대담하게도 도로를 가로질러 누워있는 사람에게로 다가갔다. 코타리도 쓰러져 있던 사람이 누구인지 확인하고 싶었지만 지금은 사호리를 안심시키는 것이 먼저였다.

"이제 괜찮아."

코타리가 속삭이자 사호리는 말없이 끄덕였다.

"쉬하오란의 방에서 시신 일부가 발견되었어. 이걸로 다 끝난 거야."

그 말에 사호리의 몸에서 힘이 빠졌다. 코타리는 이

제 머뭇거리지 않고 그녀를 끌어안았다.

'다행이다. 무사해서… 신이시여, 감사합니다.'

"쿠도 형사님!"

도로 너머에서 카츠라기가 쿠도를 불렀다. 평온한 말투인 것으로 볼 때 쓰러진 인물이 저항하지는 못한다는 방증이었다.

이어서 쿠도가 도로를 가로질러 건너가자, 사이렌 소리가 다가왔다. 소식을 들은 다른 수사관이 모인 것이다. 속속 도착하는 경찰차에서 내린 수사관들이 그들을 계속 둘러쌌다.

"역시 쉬하오란에게 쫓기고 있었던 거야?"

"…뒤도 돌아보지 않고 뛰었고 어두워서 그렇게 단언은 못 하겠어."

쓰러져 있던 사람은 일어날 기미가 없었다. 육교의 어느 지점에서 떨어졌는지는 모르겠지만 움직이지 못한다는 것은 그만큼 큰 충격을 받았다는 뜻이었다.

"좀 늦은 질문 같지만 다친 곳은 없어?"

"응. 잡히지 않았으니까. 하지만 지금은 너무 놀라서 통증을 못 느끼는 거고 시간이 지나면 어디가 아플지 모르겠어."

바로 병원으로 데려가야겠다고 생각할 무렵 카츠라기가 돌아왔다.

"역시 쉬하오란이었습니다. 상당히 강한 충격을 받았는지 머리 외에도 몇 군데 타박상을 입었습니다."

"죽었나요?"

"아직 살아 있지만 출혈이 심합니다. 방금 구급차를 불렀습니다."

"잘 되었네요. 그럼 사호리도 병원으로 데려가 주세요. 지금은 흥분상태라 모르지만 어딘가 다쳤을 가능성도 있습니다."

"처음부터 그럴 생각이었습니다. 그리고 어찌 되었든 참고인 조사라도 필요하니까요."

잠시 후, 구급차 2대가 나타났다. 아무리 기절했다고 해도 사호리를 연쇄살인범과 같은 구급차에 태울 수 없었다.

"난 아무 데도 다치지 않았으니까 빨리 집에 돌아가고 싶어."

구급차에 타기 직전 사호리는 그렇게 말했지만 병원에 보내지 않을 수는 없었다.

그녀가 중얼중얼 이야기한 것을 정리하자면 이러한

경위였다.

일을 마치고 아파트에 돌아온 사호리는 생리대가 떨어졌다는 사실을 깨닫고 근처 편의점으로 향했을 때 미행당하고 있다는 느낌이 들었다고 했다.

"누군가 비슷한 속도로 쫓아오더니, 내가 멈추면 그 사람도 멈추더라고. 너무 무서워서 편의점으로 가지 않고 바로 도망쳤어."

그 후로는 계속 도망치느라 정신이 없었다고 했다.

"연락하려고 했는데 핸드폰을 꺼낼 때마다 거리가 좁혀지는 것 같아서 어쩔 수 없었어."

"그럼 밝은 쪽으로 도망치는 편이 좋았을 텐데…."

"쫓기는 도중에 그런 생각을 할 여유가 없었어."

코타리는 같이 있는 카츠라기의 눈을 피해 그녀의 손을 꼭 잡았다. 부드러운 손이 이 세상 무엇보다 사랑스러웠다.

병원에 도착하자 사호리는 바로 진찰을 받았다. 코타리는 카츠라기와 함께 진찰실 앞에서 기다렸다.

"카츠라기 씨에게는 여러모로 신세를 졌습니다."

"시민의 안전을 지키는 것이 경찰의 임무니까요. 그리고 사이좋은 커플을 보면 일하는 보람을 느낍니다."

"…정말 형사답지 않군요."

"그래도 제대로 일은 하잖습니까."

다행히 사호리는 상처 하나 없었고 몇 가지 문진 후에 바로 병원을 나올 수 있었다.

진찰이 끝나자 바로 경찰서로 향해 참고인 조사를 받았다.

"딱히 심문할 내용은 없었습니다."

"작성하는 입장에서는 편했습니다."

인상 쓰는 쿠도와 달리, 기록하는 카츠라기는 환한 표정을 짓고 있었다.

사호리는 감사를 표했다.

"하지만 당신에 비해 쉬하오란의 상황은 매우 심각합니다."

카츠라기는 묻지도 않았는데, 먼저 입을 열었다. 용의자의 신변은 확보했지만 본인이 중상을 입었으니 심문할 수 있는 상황이 아니었다.

"후두부의 골절에 전신 타박상. 담당의는 그를 보자마자 중환자실로 이송시켰어요. 온몸을 다쳤지만 가장 심각한 것은 머리입니다. 뇌진탕을 일으켜서 사실 죽었어도 이상하지 않을 정도였다고 합니다."

"그럼 피의자 사망으로 사건이 종결되나요?"

"일단 본인은 자신의 범행을 인정하긴 했습니다."

코타리는 그 말이 무슨 뜻인지 알 수 없어 사호리와 얼굴을 마주 보았다. 카츠라기가 의문을 풀어주었다.

"제가 달려갔을 때까지는 아직 의식이 있었습니다. 그래서 연쇄살인 사건의 범인이 당신이냐고 물었더니 작게 고개를 끄덕였습니다. 물론 그것이 자백이라고는 할 수 없죠. 동기나 범행 수법, 흉기, 남은 시신의 위치 등도 불명입니다."

"남은 시신은 쉬하오란의 방 욕실에 남아있던 것 아닌가요?"

"그것도 전부는 아니었습니다. 아마도 해체한 후에 조금씩 처리해왔던 것 같습니다. 여러 명의 시신이었으니까 전부 처리하기는 쉽지 않았을 겁니다."

"그리고 동기라고 하셨죠? 동기는 그냥 쉬하오란이 사이코패스라는 점에서 찾을 수 있는 것 아닌가요?"

"사이코패스라서 동기는 필요 없다는 것은 틀린 말입니다."

쿠도의 말도 일리는 있었지만, 사이코패스에게 과연 상식이 통할까 싶기도 했다.

"사이코패스라도 완전히 무작위로 피해자를 고르는 것이 아니기 때문에, 굳이 말하자면 정신이상자도 '취향'이라는 것을 갖고 있다는 것이죠. 거기에는 피해자가 될 만한 조건이 있을 겁니다."

쿠도가 말하는 '취향'이란 즉 성적 취향을 의미하는 것이었다. 실종 시에 피해자가 입고 있던 옷, 그러니까 카타쿠라 에이미의 어깨를 드러낸 블라우스, 쿠니베 준코의 캐미솔, 히가시라 유노의 셔츠, 그리고 시노자키 마스미의 탱크탑 같은 것들이 범인의 성적 기호를 자극했을 수 있었다.

"히가시라 유노는 셔츠를 입고 있었지만 더운 날씨였던 것을 고려하면 단추를 몇 개 풀었을 수도 있겠죠. 그렇게 본다면 그녀들의 복장에서 유추할 수 있는 공통점이 짐작되시죠?"

코타리는 옆에 있는 사호리를 살짝 살핀 다음 조심스레 대답했다.

"가슴 부분이란 말씀인가요?"

"네, 매끄럽게 드러난 가슴 부분. 쉬하오란은 거기에 끌려 범행을 저질렀을 거라고 예상합니다. 물론 본인에게 물어본 것은 아니라 확실한 것은 아니지만 현재로서는 그렇게밖에 생각할 수 없네요."

"사호리는 다르잖아요. 사호리는 딱히 가슴을 드러내
는 옷을 입고 있지 않았어요."

"사호리 씨는 이전부터 쉬하오란을 알고 있었죠? 기
능실습생으로 입사했을 때 일본어를 가르쳐주셨죠. 그
런 과정에서 분명 잠재적인 무언가가 범인의 마음에
불이 붙었을지도 모릅니다."

그 말에 다시 공포를 느꼈는지 사호리는 어깨를 부르
르 떨었다.

드디어 코타리와 사호리는 참고인 조사로부터도 해방
되어 경찰서에서 빠져나왔다.

시각은 새벽 12시 15분. 이미 전철은 끊겼고 기숙사
에 돌아가려면 택시를 타야 했다. 농담인지 진담인지
카즈라기는 경찰서에서 자고 가지 않겠냐고 권했지만,
경찰서에서 자고 싶지는 않아 거절했다.

"괜찮으면 재워주지 않을래?"

지금은 한순간도 그녀와 떨어지고 싶지 않았다. 사건
의 용의자가 의식불명인 것과 별개로 자꾸만 사호리가
걱정되었기 때문이다.

자신의 마음을 이해했는지 사호리는 거절하지 않았

다.

"집에 먹을 만한 것이 없는데…"

"딱히 먹고 싶지 않아. 오늘 너무 많은 일이 있어서 식욕도 없어."

"나도 그러네. 너무 피곤하니까 지금은 그냥 빨리 돌아가서 자고 싶어."

택시를 잡아 사호리의 아파트로 향했다. 차 안에서 사호리는 잠이 들었다.

아이 같은 숨소리를 듣고 있자니, 그녀에 대한 사랑이 더욱 커졌다. 자신의 전과 때문에 일부러 두고 있던 거리가 순식간에 좁혀지자, 지금까지 억눌러왔던 감정이 파도처럼 몰아쳤다.

코타리는 뒷좌석에 앉아있는 동안 사호리를 안고 싶은 충동을 느꼈다. 운전기사가 없었다면 자신을 제어할 수 없었을 것이다.

이윽고 아파트 앞에 도착하자 코타리는 사호리의 어깨를 안고 입구로 들어갔다. 이제 두 사람의 관계가 남들에게 알려져도 상관없다고 생각했다. 어깨를 안은 팔을 뿌리치지 않으니 사호리도 같은 마음일 것이다.

방에 들어가자마자 코타리는 그녀를 강하게 안았다.

조심스레 반응을 살폈지만 사호리도 거절하지 않고 자신의 등 뒤로 손을 뻗었다.

"드디어 끝났어."

"그래, 끝났어. 이제 누구도 미행하지 않고 무서워하지 않아도 돼."

사호리는 가볍게 코타리의 팔을 풀고 그의 가슴에 이마를 대었다.

"고마워, 지켜줘서."

"아냐, 내가 직접 쉬하오란을 잡은 것이 아니니까 사실은 한심한 거지."

"아냐. 잘 와주었으니까 괜찮아."

"그렇게 말해주니 고마워."

"식사는 필요 없지만 목욕은 해야지?"

그제야 떠올렸다. 아침부터 긴장한 터라 온몸에 땀을 많이 흘렸다. 자신은 못 느꼈지만 어쩌면 몸에서 냄새가 많이 날지도 모른다.

"난 마지막에 씻고 싶으니까 네가 먼저 씻어."

"응, 그래."

물을 채우는 것은 15분이면 충분했다.

코타리는 갈아입을 옷을 어떻게 해야 할지 고민하면

서 욕실에 들어갔다. 몸을 씻는 장소라 그런지 욕실에는 사호리의 냄새가 남아있는 듯했다. 욕조는 코타리의 기숙사에 있는 욕조보다 훨씬 넓었고, 다리도 편히 뻗을 수 있었다. 덕분에 극한에 달했던 긴장감이 욕조 안에서 풀렸다.

이렇게 같은 욕실을 쓰고 같은 침대에서 자며 두 사람의 생활이 합쳐지는 것이라고 생각하니 어딘지 모르게 부끄러웠다.

'고죠 미키히데'라는 이름을 버렸을 때부터 멀리하던 타인과의 유대감이 다시 찾아왔다. 겨우 용서받은 기분이었다. 출소했을 때도, 미타조노와 향후 계획을 이야기했을 때도 얻지 못했던 안정감을 이제서야 손에 넣은 기분이었다.

이제 사호리에게 자신의 정체를 밝혀야 한다. 앞으로 진심으로 같이 살려고 한다면, 자신의 본명과 전과를 밝히지 않으면 안 된다.

풀렸던 마음이 다시 긴장되었다. 스토킹 범죄 전과를 지닌 자신을 과연 사호리는 용서해줄 것인가. 이전과 다를 바 없이 대해줄 것인가.

전전긍긍하며 상상해보았지만 결국 그녀의 판단에

맡길 수밖에 없었다. 당장이라도 진실을 고해야 하나 아니면 시간을 둬야 하나.

다만, 지금은 둘 다 심신이 피로한 상태였다. 내일 이후라도 괜찮을 것이다.

코타리는 목욕을 마치고 세면대 거울을 보았다. 마치 들러붙어 있던 먼지가 떨어져 나간 듯한 평온한 얼굴이었다. 수건을 찾아 주위를 둘러보자 세면대 밑에 생리대가 상자째로 있었다. 보면 안 될 것을 본 것 같은 기분이었지만 이렇게 무덤덤하게 놔둔 것도 사호리다웠다.

코타리는 드라이어로 머리를 말리고 사호리에게 빌린 티셔츠를 입었다. 거기서도 사호리의 향기가 났다. 변태스럽긴 했지만 좋아하는 여자의 냄새를 맡고 싫어할 남자가 어디 있겠는가.

그런데 욕실을 나오려는 순간 무언가 이상했다.

구체적으로는 잘 모르겠지만 무언가 앞뒤가 안 맞는 것을 본 기분이었다.

"목욕 끝났어."

거실에서 기다리고 있던 사호리와 교대하고 코타리는 소파에 누웠다.

"졸리면 먼저 자도 돼."

사호리는 그렇게 말하고 욕실로 들어갔다. 크게 흥미
는 없었지만 사호리가 틀어놓았던 TV의 예능 프로그
램을 보았다.

이렇게 느긋하게 시간을 보내는 것도 오랜만이었다.
평범한 시간, 평범한 일상이 마음을 편안하게 했다. 사
호리와 같이 살게 되면 이런 시간이 매일 찾아올 것이
다.

잠시 TV를 보다 보니, 조금 전 이상한 느낌이 다시
살아났다. 긴장이 풀려서 생각할 여유가 생긴 탓일 것
이다.

자신은 무엇을 이상하게 생각했을까. 생각하다 보니,
마치 번개를 맞은 것처럼 한 광경이 떠올랐다.

세면대 밑에 상자째로 있던 생리대.

생리대가 떨어져 가장 가까운 편의점으로 나섰다고
사호리가 증언했었다.

하지만 생리대는 많았다. 그걸 잊을 사호리가 아니었
다.

그럼 구입한 다음에 쫓긴 것일까.

아니다.

그녀는 사러 가는 도중에 쉬하오란의 미행을 눈치채고 편의점에는 들어가지도 못했다고 했다. 게다가 자신이나 쿠도 수사팀이 육교에 도착하고 나서 생리대를 사지도 않았다.

사호리의 증언대로면, 여기에 생리대가 있어서는 안된다.

의심이 먹구름처럼 몰려왔다.

조금 전 생리대를 잘못 본 것은 아닐까도 생각해보았다.

자신은 여성 용품을 잘 모른다. 보습팩을 잘못 보았을 수도 있다.

하지만 한 번 그런 의심이 드니 가만히 있을 수 없었다. 약간 죄책감이 느껴졌지만 욕실로 향했다.

확인만 할 뿐이다.

자신의 착각을 수정하고 싶을 뿐이었다.

그렇게 스스로를 납득시키고 탈의실 문을 연 순간 욕실에서 나온 사호리와 마주쳤다.

처음 보는 연인의 알몸.

하지만 코타리의 시선은 가슴의 한 부분에 집중되었다.

유방 위에 어떤 문양이 있었다.

찢어진 것처럼 펼쳐진 화상 자국이었다. 짙은 보라색
이 되어버린 켈로이드 흉터였다. 원래 피부가 하얗기
때문인지 화상 자국이 더 눈에 띄었다.

갑자기 쿠도의 목소리가 떠올랐다.

'매끄럽게 드러난 가슴 부분. 쉬하오란은 거기에 끌
려 범행을 저질렀을 거라고 예상합니다.'

쉬하오란이 범인이 아니었다면….

만약 가슴에 콤플렉스를 지닌 사람이 아무 상처도
없이 매끈하고 풍만한 가슴을 본다면 어떤 충동에 사
로잡힐까.

"너는…."

사호리의 표정이 얼어붙었다.

"설마…."

사호리는 코타리를 보며 앞으로 팔을 뻗었다.

그녀는 코타리 너머에 있는 면도칼을 잡은 순간 눈
으로도 쫓을 수 없는 속도로 움직였다.

휘익.

다음 순간 코타리의 뺨에 고통이 느껴졌다. 손으로
뺨을 만져보니 피가 묻어났다.

"으아아아아."

갑자기 사호리가 그렇게 소리치면서 면도칼을 위에서 아래로 그었다. 아슬아슬하게 피했지만 칼날이 코타리의 티셔츠 끝을 갈랐다.

이번에는 코타리가 소리칠 차례였다.

하지만 비명조차 나오지 않아 슬금슬금 뒤로 도망치지 않을 수 없었다.

지금 무슨 일이 일어나고 있는지 도저히 이해할 수 없어 코타리는 그저 거실로 도망쳤다. 하지만 불행히도 좁은 아파트에서는 더 도망칠 곳도 없어 바로 궁지에 몰렸다.

"지…, 진정해, 사호리."

자연히 입에서 그 말이 튀어나왔다.

하지만 사호리의 귀에는 닿지 않았는지 그녀는 말없이 면도칼을 휘둘렀다. 방어를 위해 뻗은 코타리의 팔에 계속 상처가 났다.

네 번인가 다섯 번 만에 팔의 출혈을 참을 수 없게 되었고, 코타리는 겨우 사호리의 팔을 쳐서 면도칼을 떨어트렸다.

하지만 사호리는 다른 물건을 잡았다. 거실에 있던

꽃병이었다. 그것으로 맞으면 상당한 충격을 받을 것 같았다.

'도망쳐야 한다.'

초조해진 탓에 발이 뒤엉켜 코타리는 그 자리에 넘어졌다.

그 틈을 타 사호리가 코타리 위로 올라탔다.

"알리고 싶지 않았어."

깜짝 놀랐다.

도무지 사호리의 목소리가 아닌 것 같았다.

"너에게만큼은 알리고 싶지 않았는데…."

사호리가 올라타는 바람에 코타리는 몸을 움직이지 못하고 있었다. 그러자 사호리는 꽃병을 든 손이 천천히 위로 올렸다. 마치 슬로우 모션 같았다.

"그만둬."

하지만 사호리는 아무 말 없이 표정을 일그러뜨렸다.

이제 끝났다.

자신도 모르게 눈을 감은 바로 다음 순간이었다.

현관에서 우당탕탕 하는 소리가 들리더니, 누군가가 들어오는 것 같았다.

"움직이지 마!"

쿠도의 목소리였다.

그러는 사이 카츠라기도 나타나 빠르게 사호리의 몸을 속박했다. '쿵' 하는 소리와 함께 꽃병이 바닥에 떨어졌다.

"으아아아, 으아아아."

"베츠미야 사호리, 당신을 상해 현행범으로 체포한다."

사호리는 포획된 야생동물처럼 날뛰었지만, 형사들의 힘을 당해낼 수는 없었다. 쿠도가 수갑을 채워도 한동안 계속 날뛰었지만, 이내 얌전해졌다.

코타리는 사호리에게서 벗어나 거실 구석에서 주저앉고 말았다.

4

"그녀는 이제야 진정되었다고 합니다."

다음 날 쿠도는 안도한 듯, 혹은 실망한 듯한 말투로 이야기를 했다.

"저는 이번 사건의 범행 수법에서 연쇄살인의 동기가 살인 쾌락이 아닐까 의구심을 품었었습니다."

"저는 대체 뭐가 어떻게 된 건지…." 코타리가 말했다.

"현재 밝혀진 범위 내에서 설명해드리자면, 사호리의 범행 동기는 이전의 직장에서 일어난 약품 사고였다고 합니다. 도색 가공에는 독극물이 사용되는 경우가 많죠?"

"네, 금속 가공 과정에 염산이나 유산을 사용합니다."

"그 과정에서 불순물이 들어가 산이 든 통이 폭발했고, 그때 그녀의 가슴에 화상 흉터가 생겼다고 합니다. 원래 아름다웠던 사람이라 그런 상처가 트라우마가 되었어도 이상하지 않죠."

사호리가 여름에도 가슴 부분이 꽉 막힌 옷만 입었던 것은 그 상처를 숨기기 위해서였다. 그러고 보니 처음 침대를 같이 썼을 때도 그녀는 결코 앞을 보여주지 않으려고 했다.

"카타쿠라 에이미를 시작으로 하는 연쇄살인은 피해 여성의 가슴에 대한 범인의 콤플렉스가 범행 동기였습니다. 자신의 가슴은 이렇게 추한데, 그녀들의 가슴은 매끄럽고 예뻤던 거죠. 그렇게 무언가에 홀린 듯이 범행을 저지르고, 정신을 차렸을 때는 이미 상대를 죽인 후였다고 합니다."

쿠도는 한숨을 쉬며 고개를 절레절레 흔들었다.

"원래 살인 행위를 통해 쾌락을 느끼는 사람인지 아니면 마음의 트라우마가 생겨 그렇게 된 것인지, 기소 전 정신감정이 필요해 현재 전문의의 판단을 기다리고 있습니다."

"하지만 쉬하오란은 자기가 범인이라고 했잖아요?"

"실제로 시신의 해체나 유기는 쉬하오란이 한 짓이 맞았습니다. 하지만 살해 행위는 베츠미야 사호리의 범행이며, 쉬하오란은 사후 공범에 지나지 않았습니다."

"사후 공범. 그럼 그녀도 그걸 알고 있다는 뜻인가요?"

"네, 사호리도 처음에는 시신을 훼손한다는 사실에 공포에 질렸다고 합니다. 무리도 아니죠. 자신이 살해한 현장도 그대로 두었는데, 누군가 시신을 가져간 다음 토막 내 유기까지 했으니까요. 그런데 당신 이야기를 듣고 그것이 쉬하오란의 짓임을 나중에 알게 된 거죠. 어떤 이유인지는 몰랐지만 쉬하오란이 자신의 범행을 스스로 은폐해주려는 것임을 눈치챘습니다. 쉬하오란이 그녀를 미행했던 것은 범행 후 뒤처리를 해주기 위함이었던 거였어요. 그녀로서는 제정신이 아니었겠죠. 안심할 수 없었을 겁니다. 언제 쉬하오란이 자신을 고발할지 모르니까요. 그래서 어젯밤 함정을 팠던 것입니다."

"물건을 사러 간다는 이유로 아파트를 나온 것 말이군요."

"쉬하오란을 미리 봐두었던 어두운 육교 위로 불러낸 것입니다. 그리고 그가 계단을 올랐을 때 밀어서 떨어트린 것이죠. 그녀를 지키려고 했던 쉬하오란으로서는 청천벽력 같은 일이었을 것입니다. 저항다운 저항도 하지 못한 채 그대로 떨어졌습니다. 사호리의 오판은 그가 죽었다고 생각한 점이겠죠. 주치의의 이야기로는 구사일생으로 살아난 거라고 합니다. 곧 쉬하오란에 대한 심문도 시작할 예정입니다."

"그건 그렇고, 어떻게 그 타이밍에 그녀의 방에 돌입하신 거죠? 덕분에 저는 목숨을 건졌습니다만…."

"당신들이 경찰서를 나간 직후 과학수사팀에서 한 가지 보고가 올라왔습니다. 쉬하오란의 욕실에서 압수한 물품 속에 피해 여성의 소지품도 있었는데, 거기서 채취한 지문이 맥주잔에서 채취한 사호리의 지문과 일치했습니다. 그러니 그녀를 의심하지 않을 수 없었죠. 그래서 아파트로 달려간 것입니다."

쿠도의 설명으로 어젯밤 일을 대략 이해할 수 있었다. 하지만 여전히 쉬하오란이 그렇게 행동한 이유를 알 수 없었다.

"그녀의 수법은 단순했습니다. 피해 여성의 뒤통수를 둔기로 가격한 뒤, 피해 여성이 쓰러지면 그녀들의 가슴을 근처에 있던 돌이나 콘크리트 조각으로 계속 내리쳐 짓이겼다고 합니다. 네, 딱 자신의 가슴 상처가 있는 곳 부근을 말입니다."

"…이제 사호리는 어떻게 되나요?"

"형법 제39조 1항, 심신상실자의 행위는 벌할 수 없다. 2항, 심신미약자의 행위는 그 형을 감형한다."

그 법조문을 읊는 쿠도는 화가 난 듯한, 하지만 이제는 달관한 듯한 말투였다.

"정신감정 결과에 따라 이 조항이 적용될 수도 있습니다. 다만, 39조 1항이 적용되어 무죄가 되어도 원래 생활로는 돌아갈 수 없을 것입니다…"

쿠도는 드물게 말끝을 흐렸다. 어떻게 될지 판단하기 어려워서인지 아니면 코타리에 대한 배려인지는 알 수 없었다.

며칠 뒤, 코타리는 병원을 찾았다.

의식을 회복한 쉬하오란은 아직 절대 안정을 취해야 했지만, 주치의의 허락을 받아 면회할 수 있었다.

사호리의 체포 소식을 듣고 쉬하오란은 의기소침해졌다고 했다. 병실을 찾았을 때도 코타리를 쳐다보는 눈에 생기가 없었다.

"폐를 끼쳤습니다."

쉬하오란이 고개를 숙이려는 것을 코타리가 말렸다.

"그건 우리가 할 말이지요…. 경찰에 전부 이야기했다면서요?"

"…숨기는 것은 좋지 않다고 설득하셔서."

"사호리를 지켜주려고 하셨다고 들었습니다."

"그 사람에게는 은혜를 입었으니까요."

"일본어를 가르쳐 준 거 말인가요?"

"그때 정말로 고마웠습니다. 말이 통하지 않는 무서움, 그건 정말 외국인이 아니면 아무도 몰라요. 무섭고 두려웠을 때 사호리 씨가 도와주었습니다. 저에게는 신과 같았습니다."

그는 사호리의 범행을 우연히 목격했다고 했다. 시신을 방치하고 가버리는 그녀를 보고 뒤처리를 하는 것이 자신의 사명이라고 맹세했다고 했다.

그다음부터는 쿠도가 추리한 대로였다. 쉬하오란은 계속 사호리를 미행하여 그녀가 죽인 여성들의 시신을 열심히 기숙사로 옮기고 조금씩 해체했다. 마지막 희생자인 시노사키 마스미의 경우 현장 근처에 경찰이 배치되어 있어 어쩔 수 없이 배수구에 밀어 넣는 것이 한계였다고 했다.

"제가 할 수 있는 것은 그것뿐이었습니다."

"하지만 시신을 훼손하는 일이잖아요. 어떻게 그런 엄청난 일을 하려고 결심한 거죠?"

"중국에서 제가 태어난 마을에서도 비슷한 일을 했었기 때문입니다."

"잠깐, 그건…."

"저는 정말 나쁜 친구가 있었습니다. 마을에 사는 여성을 무작정 덮치고 죽였습니다. 저는 살인을 저지르지 않았습니다만, 그 친구는 항상 제게 시신의 뒤처리를 맡겼습니다."

그가 시체의 분리를 아무렇지도 않게 할 수 있었던 것은 그런 이유였던가.

쉬하오란의 말이 어디까지 진실인지는 알 수 없었다. 하지만 지금은 일단 그의 말을 믿고 싶었다.

"사호리 씨는 앞으로 어떻게 되나요?"

여전히 자신보다 사호리를 먼저 걱정해주는 것인가.

처음 쉬하오란에게 친근함을 느꼈다.

"정신감정의…, 그러니까 의사나 경찰의 이야기를 종합해 보면 사형은 면할지도 모르겠대요. 아직 검찰이 어떻게 판단할지는 모르겠지만요."

"저는 기도합니다."

쉬하오란은 조용히 눈을 감았다.

"그렇게 착한 사람이 살인을 한 것은 무언가 잘못된 것입니다."

"당신은 그녀의 범행을 전부 목격했잖아요?"

"그것은 신의 실수입니다."

신의 실수.

애초에 그녀의 가슴에 생긴 흉터가 신의 실수일까.

병실을 나오자 야구치가 기다리고 있었다.

"이봐, 멀쩡해…보이지는 않네."

"또 잃어버렸으니까요."

참고 있던 감정이 북받쳐 올랐다. 야구치에게는 속마음을 드러내도 괜찮을 것 같았다.

"모처럼 소중한 사람을 만났다고 생각했는데, 또 제 곁에서 떠나버렸네요. 새로운 이름도, 새로운 직업도, 새로운 생활도 전부 의미 없게 되어버렸어요."

이만큼이라도 말이 나오는 것이 신기했다.

코타리는 갑자기 눈시울이 붉어졌다.

"저에게 이름과 호적을 준 진짜 코타리 토모야도 죽었습니다. 정말로 저는 다 잃었습니다. 이제 아무것도 없어요."

"그건 성급한 생각이야."

야구치는 별것 아니라는 듯 말했다.

"인간은 살아있으면 무엇이든 손에 넣게 되어 있어. 손에 넣은 것이 가치를 발할지는 본인의 노력 여하에 달려 있지."

"설교하시는 것 같아요. 마치 할아버지 같네요."

"나이를 먹으면 설교하는 꼰대가 되어버리니까. 설교라는 말이 나왔으니 한마디만 더 할게. 잃은 것이 아까우면 되찾으면 돼."

"남 일이라고 쉽게 말씀하시네요."

"남 일이니까 말하는 거야. 달리 말하면, 엄연히 네 일이지. 얼마 동안은 침울해서 아무런 의욕이 안 나겠지만, 계속 그러고 있으면 안 돼. 나도 계속 위로만 해주는 사람이 아니야."

"그럼 어떻게 하면 되죠?"

"기분 나쁘게 듣지 마. 넌 애초에 남의 이름을 빌려서라도 제대로 살고 싶었잖아. 그 끈질김을 다시 발휘하면 돼. 이 세상은 끈질긴 의지를 가진 녀석이 살아남게 되어 있어. 그리고 네가 패배 의식에만 빠져 있으면 널 비웃는 녀석들만 즐겁게 해주는 길이야. 빨리 벗어나는 편이 좋아. 그게 살아가는 비결이야. 자, 이제 곧 점심 먹을 시간이군."

"아직 식욕이 없어요."

"식욕 따윈 상관없어. 억지로라도 먹어."

야구치는 난폭하게 코타리의 어깨를 잡아끌었다.

"위장이 비어서 속이 쓰리면 계속 나쁜 생각만 떠올라. 배를 채우고 심호흡이라도 해 봐. 그것만으로도 기분이 훨씬 좋아져."

코타리는 흘러나오려는 눈물을 참으며, 이 선배의 조언을 따르기로 했다. 내일 걱정은 내일 하기로 했다.

'제가 할 수 있는 것은 그것뿐이었습니다.'

쉬하오란이 한 말이 떠올랐다.

지금 자신이 할 말도 그것뿐이었다.

코타리는 야구치와 함께 걷기 시작했다.

옮긴이 최재호

일본 출판물 기획 및 번역가. 중앙대학교 일어일문학과를 졸업하고, 동
대학원에서 일본문화를 전공하였다. 번역작으로 《루팡의 딸》, 《형사의
눈빛》, 《익명의 전화》 등이 있다.

옆방에
킬러가
산다

초판 2020년 4월 11일 1쇄
저자 나카야마 시치리
옮긴이 최재호
ISBN 979-11-90157-29-2   03830

출판사 도서출판 북플라자
주소 서울시 동대문구 장안동 301-1 삼아빌딩 3층
전화 070-7433-7637
팩스 02-6280-7635
홈페이지 www.bookplaza.co.kr